黄裳致李辉信札

黄永玉 题

释文本

李　辉　编著

钟妙明　刘海钧　释文

浙江人民美术出版社

谨以此书纪念黄裳先生诞辰一百周年

黄裳浅识

黄永玉

黄裳生于一九一九年，这是开不得玩笑的时代，意识和过日子的方式全世界都在认真地估价。"生和死，这真是个问题！"哈姆雷特这样说；"剥削和被剥削"，十月革命这样说。黄裳比中国共产党年长两岁，他是奉陪着中国共产党一直活到今天的。

黄裳是山东益都人，一般的讲我对山东人印象都比较好，大概自小起始于《水浒传》吧！认识黄裳倒并非因为他是山东人。怎么第一次的见面已经记不起了，时间在一九四六年底四七年初，《文汇报》编辑部里还是别的什么所在，若是在编辑部，那是至今还历历在目的。八张或十张写字台，黄裳的桌子在进门的左手边，有陈钦源、叶冈的座位，他们是在一排。杨重野、杨卓之诸位好像在另一个房间。

我到那里只是去取稿费，来往较多的当然是黄裳和钦源两位老兄了。钦源是广东人，我们多有一些话说，他还邀请我上他父母家吃过饭，他父亲是做雪茄烟生意的，在一条热闹但很窄小的街的二楼，楼上有讲究的货架，放满一盒盒的雪茄。

跟朋友开玩笑吹牛皮，我常常讲见到许多前辈和朋友的父母，比如说钦源兄的父母、黄裳兄的母亲、苗子兄的母亲和郁风老大姐的妈。再远点见过沈从文表叔的爹妈（我叫姑公姑婆），见到过林庚先生的父亲林宰平老先生。近处讲，见过汪曾祺的父亲，金丝边眼镜笑迷迷的中年人。说这些干什么呢？介绍介绍那个时代我的人际氛围也。

那时我在上海闵行县立中学教书，汪曾祺在上海城里头致远中学教书，每到星期六我便搭公共汽车进城到致远中学找曾祺，再一起到中兴轮船公司找黄裳。看样子他是个高级职员，很有点派头，一见柜台外站着的我们两人，关了抽屉，招呼也不用打的昂然而出，和我们就走了。曾祺几次背后和我讲，上海滩要混到这份功力，绝不是你我三年两年练得出来。我看也是。

星期六整个下午直到晚上九十点钟，星期天的一整天，那一年多时间，黄裳的日子就是这样让我们两个糟蹋掉了。还有那活生生的钱！

我跟曾祺哪里有钱？吃饭，喝咖啡，看电影，坐出租车、电车、公共汽车，我们两个从来没有争着付钱的念头。不是不想，不是视若无睹，只是一种包含着多谢的务实态度而已。几十年回忆起来，几乎如老酒一般，那段日子真是越陈越香。

黄裳那时候的经济收入：文汇编副刊、中兴轮船高级干部、写文章、给一个考大学的青年补习数学、翻译威尔斯的《莫洛博士岛》（屠格涅夫的《猎人日记》是不是那时候？不清楚了）、出几本散文集，还有什么收入？伺候年老的妈妈，住房及水电杂费，收集古籍图书，好的纸、笔、墨、砚和印泥……还有类乎我和曾祺的经常的食客们……他都负担得那么从容和潇洒。

前些日子我到上海，问容仪："你听过爸爸开怀大笑过吗？"一个儒雅文静的书生的朗笑。容仪说："是吗？他有过大笑吗？"有的，一种山东响马似的大笑。在我回忆中，黄裳的朗声大笑，是我友谊的珍藏。很可能，两位女儿呱呱坠地之后，那年月，黄裳没有空了。从历史角度看，哭的时间往往比笑的时间充裕。

说一件有关笑的往事。又是那个可爱的星期六或星期天，好像吃过哪家馆子，他两个人喝得微醺的程度，我走在离他们二十步远光景，观览着左右毫不相干的热闹，清醒地说，我们应该是从另一些马路拐到这条著名的马路上来的，叫做四马路，四马路有这个和那个，是我自小听老人摆龙门阵知道的。我不喝酒，却是让两位的酒气加上闷热的酒楼熏得满脸通红。说时迟那时快，斜刺里闪出两条婆姨，一个挟我一边手臂，口里嚷着："先生帮帮忙好哦？先生帮帮忙好哦？"往弄堂里拖。挣扎了好一会，两位女士才松了手，这时我听到黄裳那放开喉咙的笑声。两位仁兄慢慢走近，我似乎是觉得他们有些过于轻浮，丝毫没有营救的打算，继续谈他们永远谈之不休的晚明故事。眼看朋友遭难而置若玩笑，我设想如果黄裳或曾祺有我遭遇，不见得有我之从容。那次的笑声似乎是震惊了马路周围的人，引开众人对我狼狈形象的关注，若如此，这又是一种深刻意义的救援了。

黄裳很善于跟老一辈的人往来，既婉约而又合乎法度，令人欣赏。同学中也有许多有趣的、功力深厚的学人，如周汝昌辈。在他的好友中最让我感动的是那一门忠烈的黄宗江为大哥的黄氏家族，他们的交谊简直可写一部美丽的戏。

黄裳到底有多少本事？记得五十多年前他开过美军吉普车，我已经羡慕得呼为尊神了，没想到他还是坦克教练！……

至于他的做文，唐弢先生是说得再准确没有了："……

常举史事，不离现实，笔锋带着情感，虽然落墨不多，而鞭策奇重，看文章也等于看戏，等于看世态，看人情，看我们眼前所处的世界，有心人当此，百感交集，我觉得作者实在是一个文体家……""推陈可以出新，使援引的故事孕育了新的意义，这是有着痛苦的经验的。但在文字上，我们却以此为生活的光辉。"

黄裳兄的书我几乎都读过，从上世纪的四七年到今天近六十年了。心胸是一件事，博识是一件事，多情又是另一件事；文章出自一个几十年自凌辱、迫害的深渊从容步出的、原本有快乐坦荡天性的山东人笔下，自然会形成一个文化精彩排场。

和黄裳做朋友不易，几十年来他却容忍我的撒泼、纠缠，他也有一套和我做朋友的学问。大庭广众酒筵面前他几乎是个打坐的老僧；在家里我们都曾有过难以忘怀的谈话。他是个弄文的，我是个舞画的，"隔行如隔山"是句狗屁话！隔行的人才真正有要紧的、有益的话说。他明确地、斩钉截铁地、决绝地讨厌过某某人，那是很勇敢的，即使在戴"右派"帽子的年月，有人听过他求饶的话吗？苦难年月，罪人常采用屈辱方式强化自己。培根说过："那些喜欢出口伤人者，恐怕常常过低估计被害人的记性。"（培根说的仅仅是"出口伤人"，还不够害命的程度）既然迫害文化人是种文化现象，文化人怎么会不记得？手无缚鸡之力的文化人怎么办？读书！个个文化人发狠读书，让迫害者去孤独！凋零！

我特别喜欢黄裳兄的三篇文章，一是解放前的《饯梅兰芳》，一是解放后的《陈圆圆》和《不是抬杠》。

《饯梅兰芳》一文的历史背景和几十年后重翻波澜的情况就不赘述了，想想看，当年的黄裳兄才不过二十几岁的人，有那么深刻的胆识、那么宏阔的气势，敢面对大权威作好意委婉的规劝，文章是那么漂亮，排解得那么清晰，遗憾归遗憾，谅解归谅解，事情却是铁板钉钉，大家看完，大大舒了一口气。这钉子是黄裳敲下的。

后两篇文章是针对姚雪垠的。

抗战时候在重庆、桂林……批判姚雪垠的小说《差半车麦秸》，连茅盾公都上了阵，像是文艺界很大的一件事。《差半车麦秸》我好像也读过，可惜至今一点影子也没有留下。解放后，我一直对朋友鼓吹三样事，汪曾祺的文章、陆志庠的画、凤凰的风景，人都不信。到六十年代，曾祺的文章《羊舍一夕》要出版了，我作了木刻插图，人说汪的文章出版，姚雪垠曾讲过好话。怎么讲？哪里讲？我都不清楚，只觉得姚几时从重庆到了北京让我新奇，世上到底也有人懂得曾祺了。算是对姚有点好感。多少年之后的某一天，好友李荒芜来找我，说姚雪垠要请我为《李自成》作插图，我告诉荒芜实际情况不可能。一，我在为北京饭店搞美术设计，工作很忙；二，为《李自成》一书去认真研究史料太费力，不值得。荒芜还是缠住不放。我们在北京饭店几个画画的为了搜集创作资料旅行到汉口时，姚还有信追到汉口，我没有回信。几个月后临近春节，我们来到成都，听说北京将要开展批黑画运动，其中一张猫头鹰尤其恶劣……我说："唉，画张猫头鹰算什么呢，我不也是常常画嘛！"回到北京才知道指的就是我，这已经是家喻户晓的了。一天跟潘际坰兄嫂几位老友在康乐酒家吃饭，进门又碰见那位热心而诚笃到家的荒芜兄，说要和我谈件事。我说："你甭谈，我先谈，我从没考虑过为姚雪垠作插图，请他放心。你还有别的事要谈吗？"荒芜说："就这事。"我说："好，就这样？"荒芜也说："好，就这样！"

姚的《李自成》我找来看过，没有看下去，觉得似乎是别有所指，有点井冈山的意思。后来香港某家月刊登了姚写的古体抒怀的诗，其中大意是："为什么我把《李自成》写得这么好呢？都因为学习了马列的原故。"……这样一来，对姚的印象就丰满多了。

黄裳兄的两篇文章无异是端给姚雪垠的两碗醒酒汤，人一醒，话也就少了。

一个人的文章好，总是给人提供一些智能的线索；正如托尔斯泰称赞契诃夫文章说的"既美丽又有用"。

黄裳兄这一生为书遭遇过烦愁也享受过泡在书里的快乐。人常常称呼这个是读书人，那个是读书人，要晓得，做一个真正的读书人可真不易。作家有如乐器中的钢琴，在文化上他有更全面的表现和功能，近百年来的文化阵营，带头的都是文人。鲁迅啦！郭沫若、茅盾啦！巴金啦！周扬啦！……至于谁和谁够不够格？人和作品，大浪淘沙，只好让历史去讲公道话了。

一个作家归根结底是要出东西，出结实、有品味的东西，文章横空出世，不从流俗，敢于路见不平拔刀相助，闲事管得舒坦，是非晴明，倒是顾不上辈分和资格了。辈分高莫高过郭沫若，荣华富贵，到晚年连个儿子眼睁睁保不住，这是一种读书人的凄凉典型。这类人，中国当年还少吗？

和黄裳兄多年未见，这半年见了两次。我怕他行动不便专门买了烧卤到府上便餐，他执意迈下三楼邀我到一家馆子去享受一顿盛筵；我再到上海，兴高采烈存心请他全家到我住的著名饭店餐厅吃一顿晚饭，那顿饭的水平吃得我们面无人色，使我惭愧至今。

座谈会说好我要参加的，"老了！打不动了！"（萧恩语）眼看从凤凰到张家界四个多小时的汽车，还有个来回，写了个小小发言稿，抒发友谊情怀。

二〇〇六年六月四日于凤凰，黄永玉

目录

信札释文

李辉同志：

　　来信收到。李文评奖是我参加，当然很好，但怕工作工不好干。

　　此次去昆明，您对我的些照佳我很感谢。望主使您们们得到群烟也纽不少。

　　前几天曾寄舒展同志一涌考文，我的事也去的，不知收到否？

　　　　　　草此印内

刘乡

　　　　　　　　　　　黄裳　6月3日

1988 年

李辉同志：

来信收到。杂文评奖要我参加，当然可以，但怕工作作不好耳。

此次在黔，您对我的照顾使我非常感谢。实在使您们添了麻烦，也很不安。

前几天曾寄舒展同志一篇杂文，说《四库全书》的，不知收到否？

匆复，即问

刻安

黄裳

6 月 3 日

李辉同志：

来信收到，承赐大作，尚未收到，先此致谢。

杂文征文，我倒是都读过的，而且都剪下来了。可惜读得匆忙，感想也有些，但十分杂乱，一时难以综合。前两天又取出重读一过，依旧感到无从说起。要我写文章，怕难以应命了。这次征文，来稿如此之多，可见今天喜欢并写些杂文的人是更多了。这就是最大的成绩，风格之多样，所涉及社会问题之宽广，都说明成绩之厚实、踏实。其中更不乏尖锐的见解，如邵燕祥同志关于"闹事"的提法，都是难得的。于此也可见编者的胆识。都是值得钦佩的。

全国杂文评奖初选，不知道是否作协的那个？那是选书的，不是单篇。我有一本《榆下说书》也获得提名。曾要我提供样书十册，可惜我手边没有了。

匆此先复，即请

撰安

黄裳

十月十八日

李辉同志：

电报收到。

开始我曾对"征文"下过一番功夫，分类，分析，想写一篇像样的评说，后来觉得困难，遂放下了。现在只能写一点随感式的东西。寄呈，请审阅，不知其中有不妥之处否？是否也请蓝翎、舒展同志看一下，里边有两句不大好听话，不知有碍否？

从巴金那里知道你是晓棠的同学，觉得很有意思，年轻的一代都有很好的建树，感慰之至，佩服之至。

匆致

敬礼

黄裳

十二、十二

题目想不出好的，如能代拟嘉名，改之可也。

李锐同志：

　　电报收到。

　　开始我觉得对"行文"不足一篇，功夫、分类、分析，也是一篇象样的论评，终来觉得困难，也放下了。现在写材料、一点似是而非的东西，写出，请你阅，石泉莫怕欠公允否！又是已请董办，舒君回去看一下，恐也有两处不太妥帖话，石泉莫对否？

　　请把这些理由送传之、览宴两同学，觉得无甚意思，告君之一切都由组织来处理，成堂之毕，很明之见。

　　即致

敬礼！

王襄

十二．十二．

题目照你的就好，发排代我具名，怕义不也

李辉同志：

信收到。

石光洲已收到，字文已预读，材料丰富，写作也好，这类纪念性的东西，侬叙事实随便，且不需要多少美好的词藻，又是一些我觉得乜很好的。希望和鲁迅外充得事能出一字书，有待多材料，可以加以补充。此书以断的重点之影刊者封相山与明珠的回忆录上，先已张作中可考得加绘述些。此外也许还以此书成功，寸与辉志的回忆之相辅而行。人人子时此书可以得一定轻的认识了。

文章宜不长，害伏，等空乜再找好乜。

为此复谢不尽

春节好！

黄裳
一月廿五日

李韫仁同志:

　　寄了些，望上一看，不知以附用否?

　　听朋友说，何满子对你 大作"文坛絮语"的读后感是:"你好把那行这些人写成了是一个小集团了。"这大概是当难避免的。此并不害文字之立者吗终乎?

　　文字尤不好用，不逊笑卷，退我可也。

　　　　　此礼

　　　敬空

　　　　　　　　　　弟 ［签名］
　　　　　　　　　　　二月十日

李辉同志：

来示及近况，均已拜读，并为大作之迟迟出版，与史老论诗信札。我虽常与他见面，但很少作及此等话题之讨论，这是当然的代替。

（此处为手写信札，字迹潦草，部分内容辨识困难）

即祝

夏祺

黄裳 5/19

1989 年

李辉同志：

　　信收到。

　　《百花洲》已收到，尊文已拜读，材料丰富，写得也好。这类文献性的东西，依靠事实说话，并不需要多少华丽的词藻。对这一点，我觉得是很好的。希望能继续补充将来能出一本书，有许多材料可以加以补充。如在上海的《书林》上曾刊有彭柏山与胡风的回忆长文，就是尊作中可详加论述的。此外也许还有，此书成后，可与梅志的回忆文相辅而行，人们对此案可以得到完整的认识了。

　　文章写不出，容细细考虑后再投稿也。

　　匆此复谢，即问

春节好

黄裳

一月廿五日

李辉同志：

　　写了一点，寄上一看，不知能用否？

　　听朋友说，何满子对大作《文坛悲歌》的读后感是："作者把我们这些人写成真是一个小集团了。"我想这倒是无法避免的。此亦纪实文学之应有品德乎？

文章如不好用，不必客气，退我即是。

匆祝

撰安

　　　　　　　　　　　　　　　　黄裳

　　　　　　　　　　　　　　　二月十五日

李辉同志：

信收到，知近况，且在努力作文，甚以为慰。与巴老谈话很好，我虽常与他见面，但很少作如此有系统之谈话，这是当记者的优势。

关于沈老与丁玲的关系，你要写长文，极好。这事是应该很好说清楚的，前些时《文艺教育》一文，即谈此事，对沈颇不礼貌。这是当前风气之下的产物，不足怪。但事实总是事实，歪曲不了的。丁玲晚年表现令人失望。作协大会，人称"红衣女皇"，可见一般。我看她是偏狭的，自命甚高，不愿别人出头。对年轻时的熟朋友尤有忮心，我想简直有些变态。个中情形，恐非外人所能推测。你写此文，此点可能是难点，不易克服也。你掌握的材料如何？《记丁玲》应该找到《国闻周报》，可看出后来打XX的都是些什么话。

德明见告，丁玲晚年曾写信给叶老，信中出现白字。叶老以此信直接给德明（不知是他否？）了。颇为不满，此亦轶事，但不能写。此人后来写作无何可观。《桑干河上》未看过，人说亦不佳也。贵报近来不能看了，不只付刊也，大概一分钟就看完了。纸张、报费皆可惜。拟七月份起不再续订，十年老订户，至今分手，可叹息也。

　　匆祝

撰安

黄裳

5/19

　　复印件容交巴公，他是有《大公报》的，可能早见到了。

1991 年

李辉兄：

　　谢谢你推荐我作席殊《书屋》的导读顾问，其实我耳目不灵，新出版物接触甚少，恐难担此任务，但可以多得出版信息，亦是好事。

　　匆此，即请

撰安

黄裳

5 月 10 日

　　附抄小文一篇，不知能刊于贵报副刊否？此文我自己颇喜欢，惟用文言，不知可用否？如不用，此稿仍掷还为感。

　　又及。

1995 年

李辉先生：

　　谢谢你送我的书。此书中有些篇过去曾读过，今得窥其全豹，甚快事也。

　　你打算写一篇吴晗的文章，很好。不限于写悲剧的结局，极是。我认识吴晗很晚，但由于他的热情，对后辈的关怀，竟成了相熟的朋友。我写过一篇《过去的足迹》，是纪念吴晗的，该说的话大半也都说了。我觉得要写吴晗，就要写出他如火的激情一面，无论是搞政治，作学问，他都像是捏着一团火似的在工作。因此，他的有些文字，是不免粗疏的。他在清学（华）学校等刊物上发表他有特异风格的论文，打破了旧学术研究的空气，是一大贡献。支持他的是朱自清。他和清华、北大很多教授都极熟，在解放前夕，他实在是一个出色的政治活动家。关于这方面，希望您能浓墨重彩地加以刻画。

　　匆此复谢，即问

近好

黄裳

10 月 16 日

1996 年

李辉兄:

手书早到,事冗迟复为歉。

大作吴晗文早拜读,以为甚好。如此把握,自是一种看法。吴此人病在天真,如青虫之勇扑灯火,真是典型的悲剧。他待人真诚而热情,我对他是有知己之感的。

不知你下一次要写什么题目。今秋去杭小住,在书店买杂志一本,有兄记张光年谈话一文,甚感兴趣,惜只上半。未得窥全豹也。

匆祝

撰安

　　　　　　　　　　　　黄裳　三.八.

李辉兄:

谢谢你寄来《秋白茫茫》,我立即翻阅一过,觉得很有意思。你写吴晗那篇,写得好。写出了吴晗这个人物身上存在着的弱点。我和吴晗认识并有过交往,是 1946—1948 时的事。他是前辈,是我佩服的明史专家,更重要的是进步教授。我是无条件的钦佩,并追随着他的后尘的。时间过去了五十年,回想当时那种思想、行动,真不免如梦之感。就在前两年,还有人说当时的我是“极左”,的确如此。但虽“左”,却未陷入荒谬,因此也不悔。

吴晗解放后,的确逐渐变了。1949 年我到北京,吴晗约我去清华园，住在他家，两人喝完一瓶汾酒，然后带我夜访诸名教授，冯友兰接待他的神情犹在目前。吴晗当时是管清华的，宛如接收大员。当然，他对张奚若、梁思成……还是老朋友。这以后他当副市长，是个忙人，对明史兴趣尚在，但主要是从事政治活动了。他一直是紧跟，而缺乏自己清醒的思考，这是他的缺点。历次运动，直至反右，他只是以一个忠顺的政治棋子活动……直到《海瑞罢官》，陷入自己也莫明其妙的政治漩涡，终于死去，真是个悲剧。

吴晗解放后一帆风顺，经历了那许多政治风波，却极少清醒地思考，一直紧跟下去，直至灭亡。这个悲剧他自己应该负有责任。

《朱元璋传》，我有他旧本，与新本大相径庭。这也是一个悲剧，是紧跟的结果。这和他在政治上的活动，如出一辙。他不承认与胡适有师生关系，这是不得已，但他没有参与批胡的闹剧，也说明他还有念旧的心情。但与批《罢官》时一些文士学人的表现，不能不有愧色了。你的文章能抓住这些"小事"，画龙点睛，的确有谈言微中之妙。

夏衍、梅志、贾植芳、陈明谈周扬多文，极好。都是干货，而事实毕现。甚望你能把周扬传写出来，这真是个典型人物。

我很久不写文章了，《人民日报》也十年不看，不知副刊是个什么样子，很难保证能投稿。

匆此，即问

撰安

黄裳

4 月 20 日

1998 年

李辉兄：

　　小文一篇寄上。此文本非为《人民日报》所作，不知是否合用。请审定。

　　兄多有新作，往往不易读到，如有有趣文章，希不吝见示为感。

　　匆此，即问

撰安

黄裳

1998.1.5

李辉兄：

　　因为家人生病，生活忙乱，未能细读尊集，只能草草写成一点随感，寄上请审阅，不妥之处请不客气地改定。

　　匆祝

近安

黄裳

三月廿六日

李辉先生：

　　谢谢你送我的书。此书少许些论述书曾读过，今得窥其全豹，甚快事也。

　　你所写的一篇吴晗的文章很好。不限于写他最后的结局，很是。我认识吴晗很晚，但由于他的热情，对后辈的关怀，竟成了忘形的朋友，我写过一篇"甘苦的足迹"是纪念吴晗的。该说的话大抵都说了。我觉得写吴晗，光写出他忘我的激情一面，等于是搞政治、作学问，他都是象握着一团火似的去工作，因此他的有些文字是不免要被烧的。他在清华学校学术刊物上要求他考据黑黑风档的论文，去研讨旧学术研究的空气是一大贡献，支持他的是某们情，他和清华的大许多教授都把酒。去掉这前头，他就变成一个出色的政治活动家，关于这方面希望你触到最关重要的加以刻画。

　　匆此顺颂，伫问

近好！

　　　　　　　　　　黄裳 10月16日

李辉兄：

手书早到，事忙迟复为歉。

大作昨又早拜读，心如苦水。

为此把握，自是一种看法。吴此人病在天真，为青忠之勇搏如火，是典型的悲剧，他待人真诚而血情，我对他也有知己之感的。

不知你下一次要写什么题目。今纸专杭小住，回去室足望去一走，有毛记历史年该论文，甚感兴趣似惜只上半。先得窥全豹也。

即祝

编安

黄裳　三、八。

1996 年 3 月 8 日

李辉兄:

　　谢，你寄来以我向茂如，坟之即翻阅一世，觉得很有意思。你写吴晗那篇，写得好，写出了吴晗这个人物身上存在着悲剧的因素。我和吴晗认识虽无世锋，是1946－1948 时的事。他是前辈是我们很敬仰的地出身家，天童旱时也是世界教授，我是无声伴地钦佩。当追随着他以终望的。时间过去了三十年，回忆当时那种思想、行动，真不觉为梦已感。就去前两年，还有人说当时的我是"极左"的不在少此，但"极左"都未陷入荒谬，因此也不悔。

　　吴晗到尔后，的痕迹逐渐夺了。1949年我到北京，吴晗约我到清华园，但主他家，两人喝完一瓶沂酒，先此啻我永讨格名教授。这友当接领地以种情尤去目前，吴晗当时是爱惜缘诲，老生接收大美。当然，他对中美苇，是恨成⋯⋯区是老朋友，宜以任他当剧作党，是个代人，对吠史兴趣出去，但主要去人革政治说动）。他一生希思、坦而直是他情融的思索，这是他的缺点。历次运动直到反右，他总是以一个忠顺的政治样子作为，⋯⋯直到海瑞罢党陷入他世莫明其妙的政治漩涡，终抢轧卷。真是个悲剧。

　　吴晗到尔后一帆风顺，任何了那许多政治风浪却抱少情醒地思索，一走紧跟不去，走主夭亡。这个悲剧他自己应该负有责任。

朱元璋估，我有他著书，与我手中的大相迳庭，这也是一个典型，是思想的世界。这和他去政治上的作动，又世一辙。他不承认与胡适有师生关系这是不得已，但他江青参加批胡的闹剧，也说明他还有惭愧的心情。但与批判里拿出来一些文士学人的表现，可算不有愧色了。你的文章还抓住这些"小事"，画龙点晴，确实书法言微中之妙。

至纾、梅去费孝通陈明读闻扬雨文，极妙。都是干货，而辞实甚现。书信你剖析阐扬得实出来，这是个费型人物。

我很久不写文章，人民晚也十年不看，不知剧刊是个什么样子。很难保证够投好。

匆此即问

敬安

　　　　　黄裳 十月20日

1999 年

李辉兄：

郑州之行，承多方照顾，谢谢。

黄宗江兄有新著，要我写序，今草就，寄上请审定，不知能用于副刊否？

（原稿已寄宗江，此复印件也。）

匆此，祝

撰安

黄裳

6.27.

2000 年

李辉兄：

收到来信，承特意欲为我编一本自述的书，感甚。如编，当然由兄选文。但照片恐难办，我旧照片甚少，恐将多用与文字有关的图片也。谢谢。

德明所编我的通信，他尚无信来，倒还有些意思，但私人通信，不少臧鄙人物之处，不知有无关碍否？

未复，即请

撰安

黄裳

11 月 5 日

李辉兄：

信收到。

承费心为我编一本回忆性质的书，不胜惶愧。您的想法都好，我无意见。我有一本《掌上的烟云》，中收同名散文一篇，此文曾发表于《收获》，不知曾见到否？这是一篇系统回顾写作过程的文字。可供参考。如您找不到，我可以寄上一本。

匆匆，即请

撰安

黄裳

12/12

2001 年

李辉兄：

《自述》校毕，以清本一册寄呈，请收。其中第193页错简，可将以下所收删去，而补以应补缺文，希酌。

为便于检阅，今将有错叶数刊下，可便翻检。

P.8，15，24，36，76，86，103，111，114，122，129，130，142，144，152，164，171，172，193，196，197，198，208，221

春节作何消遣，又在潘家园得佳品否？北图事似已告一段落，此事似不宜就此了结。如何？

匆此，敬颂

俪福！

黄裳

2.10

李辉兄：

昨得来电后忽想及一事，我与周汝昌兄通信甚多，且多说红楼事，内容亦有趣，不知其家尚有旧存信札否？不妨一问，如能得若干封，必有趣。其京寓为：红庙北里3-5-201，邮编102025，并附一笺，请转询。

匆此，即问

近安

黄裳

李辉兄：

　　承惠赐巴老、永玉两本画册，谢谢。看了几遍，兴趣盎然。巴老画册已有多种，我觉得您的这本，是最好的。以少胜多，且多未见之照片，是难得的。

　　佩服您精力旺胜，新著叠出，至令羡慕。

　　匆此复谢，即请

撰安

黄裳

4 月 20 日

李辉兄：

　　信收到。

　　合同签好，寄上。

　　关于书名，是否你能更想一个。自述有些自传的意思，而此书由你费心编辑，定非自传也。

　　汝昌处当另写信去。

　　我给叶圣老、俞平老信不少，不知他们家中尚可找出否？可讯叶至善、俞润民两位，如麻烦，不弄也罢。

　　匆祝

近好

黄裳

4/21

李辉兄：

湘西归来否？想此游甚快，并多收获。

前用快递寄照片一袋，想已收悉。排比及写说明，尚须有劳大驾，感谢不尽。

今日得周汝昌兄函，知近日于旧居中检得我旧信多通，皆谈论《红楼梦》之通讯，亦有特色。不知尚来得及收入《书信》否？如尚需要，请向汝昌索阅可也（红庙北里 3-5-201）。

匆祝

撰安

黄裳

7/9

李辉：

手书及自述目录均收阅。此书编成，真的费了您多少精力时间，真不容易。我别无意见，只第一部分标题中有"身后"字样，不大"吉利"，最好改一下，或竟用"掌上的烟云"为题亦可。

你看出我"兴趣广泛"，笔端所向，变幻不居一点，甚佩卓识。其实我所写只是散文，只是因时地之异，采取不同方法而已。又我不信散文杂文之间有不可逾越之鸿沟，亦是一因。前人诗云"但开风气不为师"，我甚喜之，自不敢以此自况，但以之解释"变幻不居"，亦言之成理，维兄能知此意耳。

译书一册早收到，当抽暇细读，其中照片颇名贵，多未前见。

匆复，即请

双安

黄裳

7/28

李辉兄：

今日又得排出样本及原信影印件。谢谢。其第一信非 1962 年，实 1950 年作，汝昌《红楼梦新证》最初由我介绍出版，惟终未成，最后始由棠棣印行也。

"心心"为一咖啡馆名，在重庆市中，为当时有名去处。

上次寄来之稿，缺第一第二信之影印件，校时遂大费周章，请为一查并补下为感。

匆匆，即问

秋安

黄裳

8 月 20 日

李辉兄：

信及永玉画册俱收到。

前寄下之书札印件两份，已阅讫。今寄还。只是缺了前两信之原信复印件，校阅不无困难。亦有未能校正之处。如可能请补寄复印件及排印稿，当再校定之。如麻烦，就照现在样子也罢。

《水浒》画册印得甚好。毛编尤佳。阅过后有些感想，惟如何捉来纸上，尚无把握。昨日上海大热，几 39 度，京中已凉，可羡也。

我过去寄永玉信甚多，也极有趣，惜为他毁去矣。他的信我处尚存若干通，亦有趣。

匆此，即颂

俪福

黄裳

8 月 24 日

李辉兄：

　　信收到。致周汝昌信中有说及永玉者已写入文中了。

　　小文写毕，今寄上。陆灏来，看见此文，取去放在《万象》上了。想多发一次也好。请酌之。

　　匆祝

俪福

黄裳

8/27

李辉兄：

　　信收到，承惠赐新书三种，尚未收到，谨先致谢。

　　那本巴金画册不知道放到哪里去了。想了一下，关于巴老已写过不少文字，一时没有什么新意思可说，海外版的文章，恕不写了。乞亮之。

　　你想打开巴老的小箱子，一时恐不能办到。这种材料确有可贵之处。回想，《文汇报》把我的交待，……一大捆还给我时，一时兴起，全部毁掉了。实在因为无此勇气重读这些东西，我想巴老的心情当也是如此。

　　匆祝

秋安

黄裳

9/10

李辉兄：

　　信收到。

　　样子两页，校毕寄还。

　　书信集能得兄为撰前记，极感。随笔写出，想必好。

　　范用处信已排好否？

　　国庆后如来沪，得一晤，甚盼。

　　即问

俪安

黄裳

9 月 24 日

杨苡信排样，前已挂号寄奉矣。

李辉兄：

收到惠信，承好意题为我编一本·自述·此书，感甚，此编，实甚，由兄选之，但此事颇难办，我当些此甚力，恐将多用与文字有关的图片也。谢之。

绘图两编我的通信，他若无行专，倒还有些意思，但私人通信，不少感部人物之处，不知有关系否至？

拜复，即请

撰安

黄裳 11月5日

李光辉兄：

信收到。

承费心为我们编一本《四忆坦度的书》，
不胜惶惑。您的意法都好。我岂喜
见。我有本《掌上的烟雲》，中收
同类书名一篇，叫之曾发表於《收获》，
不知曾见到否？还有一篇谈院四頭字作
迷信的之字。可供参考。此集找不到，
我可以掌上一本。

专此不请

撰安

黄裳 12/12

李辉兄：

　　手书及你批月铎拍收悉。四书稿成专
似费了很多精力时间，甚不容易。我以为意见
只需在每一部作标还将有"身体"字样，不太"击刻"，最
好改一下，或改用"掌与烟云"以对示之。

　　你看我以"……史趣于之"，笔端而阔，更为
身不居一炎，甚佩卓识。其实我可写出是散
文，只是因时地之畏，……不同而作之，又我不
作散文至之间有不可逾越之鸿沟，亦是一因。

　　苦人诗云："但开风气不为师"，我甚喜，但不敢
以此自况，但以之解释"更为不居"，来宣之
……，谁无……此意耳。

　　承赠一册早收到，当抽暇细读，其中必有
题名者，当先睹见。

　　　　每笺即请

……安　　　　　　　　　　黄裳 7/28

李岩辉兄：

来信及复印旧信件都收到。

　　承江捷浩找出旧信若干通，其抗战中老札更是难得，重读感慨万端，少年时面影依稀如在，当时流浪天涯，情意奖打，都在信中了。这些信迨我现无留存手边，也许这些稿中是早岁痕迹了。谢谢你和江捷浩劳收集。

　　四兄已部寄找诗若干，颇忘其早期以待考，而且考注明拓些日期，尽供参注明。《雷雷梦》中收照片不少，你看，及件翻拍尤佳，名此原照要找不到了。其中与南浙写舍以一帧，仍三十年代书期在南开中学时所见，是点化一般。找捷逞传将在此批寻穿之。用果还找我还。

　　此间大热，前之倒去过。昨已入梅，雨不止，连日看世界杯，雄事都废，亦可笑。

　　每叩百问

弟棠上

黄裳 2002.6.20

2002 年

李辉兄:

承为《寻根》约稿,可惜没有合适的文章,我手边只有《来燕榭书跋词集三部》存稿数万字。今将开头部分复印寄上,请考虑是否合用。如不能用,即退我可也。

《寻根》有一位女同志数次来电约稿,不知其名,想想还是请你考虑的好。

匆此,即问

春祺

黄裳

2 月 11 日

李辉兄:

前寄一信,想收到。

致兄信已读过,改定数字。

永玉给我的信不少。当找出,即以原件寄上。当少迟。

匆祝

好

黄裳

4 月 5 日

李辉兄：

　　来信及复印旧信件都收到。

　　宗江搜得我的旧信件若干通，其抗战中数札更是难得，重读感慨无端，少年时面影依稀如在，当时流浪天涯，情感变幻，都在信中了。这些信是我现在写不出来的。也许是此集中最早的痕迹了。谢谢你和宗江殷勤收集。

　　照片已初步找得若干，缺点是，早期的独少，而且未注明拍照日期，只能约略注明，《黄裳文集》中收照片不少，你看，如能翻拍，尤佳，有些原照竟找不到了。其中与周汝昌合照一帧，系三十年代末期在南开中学时所照，是应收入的。拟拣选后将原照挂号寄上。用毕还我就是。

　　北京大热，而上海尚好。昨已入梅，雨不止。连日看世界杯，余事都废，亦可笑。

　　匆此，即问

撰安

黄裳
2002.6.20

李辉兄：

　　理好旧照片80余张，分三袋，略依年月次序，说明恐仍由兄重写，谢甚。

　　此照片皆为"孤本"，望用后见还为祷。

　　书信集如有清样，寄我一读为盼，因我的字潦草过甚，不易辨识，或恐致误也。

即问

近好！

黄裳

6 月 24 日

李辉兄：

收到快件，照片只 64 帧。上次所寄在 80 帧左右，分装三袋，此次只有二袋，想尚有一袋漏寄，请再一查。

致德明信已读过，改了几处错字，今寄还。

知又向汝昌处取得我旧信多件，又劳兄整理，为之不安。此诸札皆谈红楼事，似颇有价值。汝昌给我的信也有不少，尚未理出。汝昌说将来编一本《红楼》通讯，亦是佳事。此次先由兄选出若干，编入此集，则可反映我各方面情况，也是快事。

匆祝

近安

黄裳

7/19

李辉兄：

信悉，致宗江信已看过，今奉还。如无原信复印件，则校读不易矣。致周汝昌信，仍以得复印件为佳，可省却许多思索也。

兄请高人理董，自当付费，此不成问题者。即兄花费如许精力，治此不时髦之"盛业"，亦当得相当之报酬，我自己，则以重印旧札为大幸，他无所计也。

书出前酌发数篇，自同意，由您经办吧。

书名自应加引号。

我写散文，文体多变，如旧戏新谈、书话等，皆是。前信所说开风气者是也。自然，评戏、说书都古已有之，但有些新意而已。凡此种种，如能得兄之爬梳，自是佳事，前后亦有几位谈我的创作，都未触及此点，憾憾。

匆此，即问

双安

黄裳

8月4日

李辉兄：

信收到，估计已从成都归来。

寄下之排印稿已校好，画√诸札已先校于另纸，一起寄上。

其中有 1957 年札，已标出，可另安排次序。

"文汇"等皆加《》号。数字皆将阿拉伯字样改去。

重读诸札，感慨万端，序跋难写，看来仍由兄大笔写之为愈，望不辞。

今日已凉，有秋意矣。

匆祝

撰安

黄裳

九月六日

李辉兄：

致杨苡信，已读过，并"考证"了一番，每信发出年份，少有更正，亦仍有些定不出的，可即照现在排法插入可也。又要麻烦你重新排定，十分不安。

陆灏来，说起宗江信中有涉及周汝昌处，有妨碍否？我想他说的也是。但《读书周报》所选者已有此信，是否可以亡羊补牢，请酌定。

又信中有关涉王辛笛处，已改了一些，可不令老友难堪。又贺敬之名亦易以 XX，怕引起纠纷也。此外未动。

诸信均已阅毕，尚有趣，多谈及巴公，亦研究此老者所欲知。此外，只致范用信未看，想即可完工矣。

即问

撰安

黄裳

十月十九日

李辉兄：

陆灏带来复印件及台湾高山茶，今晨试之，甚佳，谢谢。

已将致范用信看好。如无原迹复印件，不知将如何校正也。又诸信错落排列，时代每不合，最好能校正一下，致他人之信件亦然。但恐不易着手。

写了一张字，请哂存。此诗系五十年前所作，未发表过。

上次所说托您寄稿与《寻根》事，忆系一叠词集跋文，该刊且发表两次，后即不见续刊，想是不合要求，请告他们退给我。

至于托他们转信给范风书，系别一事，且在此事之后也。

《自述》如即出，盼即赐寄。

匆祝

近好

黄裳

02.11.23

李辉兄：

信悉。

《自述》样书二十册也收到。甚感满意，可惜图片说明有误，如张奚若信误为冰心手迹。P164，1938 年应为 1948 年，尚未细阅，不知尚有何误，希望再版时更正也。

您的剪裁功夫，甚令佩服，要我自己来做，恐亦无此周到，感甚。

寄稿酬望仍由邮局，已函知。

致范用信中有涉及时人处，如以为不妥，可适当删除。如此，于致宗江信中涉及周汝昌处，自当照样改正，已函陆灏矣。

匆此，请

俪安

黄裳

02.12.7

李辉兄：

信收到，巴老捐书外流事，连日各报均有报导，已略知一二。此事实在可气，我一向不赞成捐书给图书馆，因为一入侯门，即成陌路，连自己想看也不易。至于典守马虎，致书受损，尚是余事。今更发生盗窃，真国家图书馆之耻也。也许他们看不起这些外文书，不若宋元善本之宝重，也是一因。总之甚望水落石出，则你的侦探工作可得佳评了。

《读书周报》稿费，其中尚有你的前言和宗江前言，当得若干，给我半数可耳。

《自述》稿费中扣除 500 元，以付编辑费用，自是当然。即请照付。

匆复，即问

冬安

黄裳

12/24

2003 年

李辉兄：

　　承赐序，感甚，这是一篇精心结撰的美文，是你第一个揭出了我年轻时的梦影，借钱锺书给我的信中的几句话，"不为锦被之遮，偏效罗帏之启"，"窃有憾焉"。但既成的事实，自有揭露之一日，也就无"憾"了。综读全序，知道你是花了功夫的。近来颇有人写我，但都不如你，真能知我的心事，可感也。

　　文章以在《文汇报》发较好，原稿我改了几个错字，又提到梅、周处。周信芳我与之不太熟，似可改为盖叫天。

　　《自述》我想再细看一遍，改正错字，再以奉呈，当少迟。

　　朱启钤捐书物文件竟流落书摊，诚不可思议，当狠狠批之。又郑振铎所捐书，也为他们打散，未设专柜，都是怪事，可一起批评之。

　　《寻根》来信，我的稿子，他们在某处找到了。这就好。

　　匆复，即请

冬安

　　　　　　　　　　　　　　　　　　　　黄裳

　　　　　　　　　　　　　　　　　　　一月十五日

李岩军兄：

收到快件，照片凡64帧。上一次所寄
专80帧左右，分装三袋，此次另有二袋，尚当
有一袋漏寄，请再一查。

冯统一校已逝世，附了几处错字今
寄还。

知又向汝昌处取得我旧信多件，又劳
兄整理，尤不安。此诸扎皆谈红楼事，
似少有价值。汝昌经我此信也有不少谈生理
史。汝昌拟将寄信编一书红楼通讯，亦是佳事。
此次先由兄选出若干，编入此集，则于
反映我各方面情况，也是件快事。

　　　　每祝
近安
　　　　　　　　　　　黄裳 7/19

李辉兄：

信收到，已卖捐书外流事，连日各报纷有报导，已略知一二。此事实老可气，我一向不赞成捐书给国书馆，因书一入侵门，即成陷阱，连自己去看也不易。玉拈典字书画，致书爱损，古思书青今不尽生堂窗，老因我国书馆之孔他，也许他们看不起这些外文书，不若尝尝善本之宝重，也一同，另(也生)甚绝小会石出。即使以便择工作可得佳评了。

这些书扰好卖，书中尝有你的芳言和序代前言，当得若干，给线半当可平。

"自进"约费中扣留500元，以付编辑书用，你是当地。即请心付。

每复即问

冬安

黄裳12/24

2002年12月24日

李辉兄：

承赐序，感谢，这是一篇精心结构的美文，是您第一个揭出了我早年的梦幻，借钱镇方给我的信中以发句话"不为锦被之遮，备敌罢悍之臣"，"实有感写"。但既成兰章写有有揭露之一同，也托辛语"丁，谨读全序，知道你是尽了功夫的涉猎。

既省人帮我，但却不为你，真辞知我的心事。

了钱也。

原文作"文以在文心新发光辉"，尽经我改了钱个错字，又更到柜周，如周位芳我。

另之不去遮，似有限为盖咐天。

"自述"我走再细看一遍，改正错字，再如身载、些误身擅，才走惊事了，虽似译く。

其它你指立的佳处涉亲多找候，思诚变粮，批之，又却根绿可指之，也名他们身罢独事。

寻想担垂作我必将寸他传否贵交我好了。这

记着。

耑复即请

毋其己结

二○○三、一亦十五日。

李辉兄：

　　书和信都收到。

　　书马上就读完了，有"恐恐其尽"之感。读得有趣时，却又完了。择用多而好。访问记许多位有全未尽欲言之感。但也留下了许多可珍的史料。这是个有趣的尝试，但又不可多得，访问的对象不多了。因之也值得珍惜。

　　书代兄有时别字，也不免晕。大挥我看了一遍，错字不多，可检出译材些。另见又附小封面文件，烦察看。

　　这两天又是上海最好的秋天，未能出游，与书也是看出神吧。

　　　　　　　　毎记

　優祺
　　　　　　　　　　　黄裳 03/11/1

李辉兄：

来信收到。

大文终于在笔会发表了。不知何以推迟，你引我的信，也为删去一大段，只留最后一句，以致前言不搭后语，可笑。看来道学家在今天尚未绝迹也。但成书时盼一仍旧贯。为幸。

我又反复读了大文，不能不说"写得好"。过去也有不少文章写我，但都不能与此文相比也。实应再度表示感谢之意。

又，文中引我的信，有"何以堪比"一句，"比"应作"此"，附闻。

杨苡文读过了，也挺好。她并未寄我此文。

匆问

近好

黄裳

3/5

李辉兄：

手教奉悉。

《书简》目录及后记均拜读，甚妥善。

您写的文章，颇有好的反应。有一事可奉告，日前小女为我去瑞金医院取药，医生也读过此文，颇致赞美。此文影响如此，顺告以当一笑。

匆祝

好

黄裳

4 月 2 日

李辉兄：

遵嘱找出永玉旧信二十二通（有一通内有四信），因信笺长短不一，复印不易，今将原信挂号寄上。请随宜处理，用后仍以见还为感。

即祝

近好

黄裳

4 月 11 日

李辉兄：

信和文章都收到。

看你写北京情形，真使人感到一种压抑，而在上海还没有这样严重。也许是我闭户索居的原因，可是最近好转了。最近出去吃了两次饭，一切如常，大感欣慰。可能北京也复如此，谨祝。

《读书周报》的短文收到了，写得不差。

《自述》系列，在上海书店不容易看到，我只买到一本汪曾祺，其他未见，如蒙惠赐，甚善，如邵燕祥等都想看到。

你说要多加约束，甚是。你的活动太多而频繁，不太适宜。

匆此，即问

俪福

黄裳

6 月 10 日

近读关于徐懋庸文，有趣。

李辉兄：

　　书和信都收到。

　　书马上就读完了。有"惟恐其尽"之感。读得有趣时，却又完了。插图多而好。访问的许多位，全有未尽欲言之感。但也留下了许多可珍的史料。这是个有趣的尝试，但正如郁风所说，访问的对象不多了。因之也值得珍惜。

　　书信集何时能出，也不在意。大样我看了一遍，错字不多，可望出得好些。只是不知封面如何，颇悬念。

　　这两天正是上海最好的秋天，未能出游，只枯坐看书而已。

　　匆祝

俪福

黄裳

03/11/1

李辉兄：

　　手示奉悉。

　　小文颇有趣，无意见。国内仍发《万象》为宜。

　　书简集想不久可出，宗江等提供函件之人，想书店都将赠送，我就不再一一寄奉了。如何？

　　近来上海大冷，几与京中无异，无事可做，只读闲书耳。

　　匆祝

年喜

黄裳

03/12/19

2004 年

李辉兄：

　　前得来信，未即复。因曾告《书札》将于春节前后寄至，遂候得书后再写回信，遂迟至今日，又二十余日矣，而音信渺然，不胜惊异，或有他故，因写此信，盼将实况见告也。

　　关于钱默存笺之文，已见港《明月》，窃以标题不太好，闻此文仍将在《万象》刊出，亦甚念。

　　余再谈，即颂

俪福

黄裳

甲申正月廿二日

李辉兄：

　　今天总算收到郑州寄来《书札》十册，不胜欣幸。亟写此信报告，以释远念。

　　书印得不错，错字尚未发现。得兄撰序，以为光宠。

　　我还想再买二十本，书款由稿费中扣除可也。

　　何时来沪，得快谈为盼。

　　即问

俪福

黄裳

04/2/16

李辉兄：

《书札》总体上可说满意，插图无说明，亦不妨事。

承嘱赠书给刘、汪、周三位，自当如命，惟十本赠书不足分配，尚须再买 25 本，书款即扣去可也，书到后即寄上。

前两天巴公病亟，报社消息已准备好了，幸有转机，已平复，知念附闻。

即颂

春祺

黄裳

04/2/21

李辉兄：

信悉。

合同签好寄回。一切由你安排，我无异议。

巴公情况不佳，心绪不好。

匆匆，即请

刻安

黄裳

04/2/26

增购 25 册，盼早收到，以便分送。

李辉兄：

《书札》增购 25 册，又赠提供函件诸位之赠书，至今皆未收到。出版社办事迟缓，不胜遗憾。我处仅余二册，今题词奉赠，乞收察。三位帮助校读者之赠书，只得候书到时矣。不胜歉然。

　　匆祝

俪福

　　　　　　　　　　　　　　　　　　裳

　　　　　　　　　　　　　　　　〇四.三.七

李辉兄：

　　得来书，知致范用信删去有关沈董两公一函种种，你处理此事甚感困难，可以揣知。我当时只是对《读书》改变作风表示不同意见。初未料他们之间有此矛盾也。

　　昨日又得大象寄来毛边本十册，已将赠助编人三册签好寄上。前言须重买25册，今既得十册，只须15册可矣。不知来得及转告大象否？

　　赠兄一册，前有数言题记，皆出胸臆，非空言也。

　　即请

近安

　　　　　　　　　　　　　　　　　黄裳

　　　　　　　　　　　　　　　　04/3/9

李辉兄：

　　信收到。

　　北京又陷入风沙阵中，其情可想。南方尚无此患，惟世界运动会期中，是否将遇此劫，不能不为之虑也。

　　《论红书札》就是这样吧。我估计汝昌女儿整理其父书信，不无困难。因多长信，且有对红学界不逊之辞也。今年能完成，是最佳预期。

崔琰来信，说《书札》合同不知已转去否？他说见合同方
可寄稿费，希望仍由邮局寄下。

昨读《中华读书报》有关三联内部纠纷长久，不胜惊异，
我有一本插图本《珠还记幸》交他们，不能不关心。你有所闻否？
可见告一二。我已不跑书店，新书所见不多，如有新品，也望
赐寄一二，以快先睹。

即问

刻安

黄裳

04/4/10

李辉兄：

得来书并网上印件，谢谢。

得知对我的种种议论，甚佳事也，此后如更有所见，尚祈
随时见告，不胜感之。

近来得一小友之助，将过去所作未收集之文字，复印见示，
竟有一厚册之多，颇拟结为一集，拟名为《拾穗集》，其中发
表于《古今》者约数十余篇。我拟写一后记，对《黄裳文集》
以前的作品作一回顾，亦一要事，我将全引周黎厂（《古今》
编者）于《古今》周年纪念号编后记中有关我的文字，甚有趣。
其实收集旧文，仍有遗漏，回想胡乱执笔竟有如此之多，不胜
感叹。不知何家出版社能接收此集也。

《书札》出后反响如何？似颇不寂寞，纪中有一文，刊于《书
友》，颇能道其中甘苦（此文亦投《文汇读书周报》，不知能

刊出否？），剪呈一阅。当时卖文，实为筹集赴渝旅费，人所不知也。

　　匆问

俪福

黄裳

5月2日

李辉兄：

　　信收到。

　　你还乡休假，得到很好的休息。真好。

　　《莫洛博士岛》收到了。写了一点跋，连同新出的《白门秋柳》一并寄上，乞收存。

　　两份复印件收到，谢谢你的关心。我十分闭塞，见闻不多，以后如有所见，尚希随时见告为幸。

　　旧作得小朋友的帮助，复印见示，草草检阅，竟有一厚册，我还在校阅，进度甚慢。湖北出版社可接收，甚感。我总希望能在北京出，且看机缘吧。《拾穗集》的书名我颇喜欢，本拟仿鲁迅翁之作名为《拾零集》，后乃改此。等校阅粗毕，当寄上看看。

　　近见邵燕祥兄文，似三联之事尚有纠缠，能以最近发展状况见示否？

　　我的译文，只有四种，似乎成集不妥，你看呢？

　　匆祝

好

黄裳

04/5/29

李辉光：

　　《此札》总体上予说赞意，插图无
说问，亦不妨事。

　　承嘱光兑给到讯，用三位，
何尝光命，惟十本也签也不足分配，
尚须再呈25本，乞我可拙寄寄也。
乞刊忽乎寄之。

　　前两天已以痔压　抽讯诸题已
准备好，幸托好机，已平复，忽
念讯问。

　　　　　　不一

　麦祺

李辉兄：

信收到。

此事又陷入风波'陈中，甚憾可恶。

吾方尚蒙此惠，惟世界运动今期中，吾辈情遇此劫，不得不当之受也。

《收藏之书札》就是这样吧。欲依凭汝君女儿整理其父之作，不无困难。困多长成，即书画托学界不必过律也。今年如完成，已最佳预期。

佳璞事行，说此书札《合同不多》已排专号《他说见合同方可字场甚。希望你内事阻毕下。

昨读忙续 你右送三联 内部 当之不阅……我把一书折同去……记录……他们，不得不关心。作为何用否？可见者一二。我已不知老唐，别他有此不多，又书新品，也经过当写一二。以惊吾惊。　即问

刻安　　　　　　　　黄裳 04/4/10

李辉兄：
　　谆信及"笔记"已收到，诸端均较料理，我们很心且收苇。

全书竟有二十余万字，怀始料而及。

这样等或全稿封后这样，我采看一遍，可减少差误也。

近来抽暇少理旧艺，这些用之它践甚远，晚近百年中，其制用各种拍壹行图录方式，由深圳叶副公司制版，无说化付制己别一至，更必不坏。此事不急，当由左未寄时处理也。姑先事陈。

书祺　偕祝
　　　　邓小▢
黄苗子 05/1/3

李辉先：

　　仅悉尊兄无恙归来，诸事当无可说办理，我亦喜慰。

　　你说我对钢版仍情有独钟，其实不然，钢版代表面已尽衰歿，诸难亦甚不便。近见紫禁城出版礼刊扬之水著《古诗文名物新证》一书，甚用纸极好，印图版好，而字钢版仍见之病。不知是否你可记之时代，投俚参考。惟折格未妥。此书印数不多，不妨大方些"孤注一掷"，又何？

　　所说加些钤印，自是可行当另寄之。字数亦不甚多，又此书必用繁体字，俾表裡合一，不致成省笔语。

　　此外，关于"某外之外"，尚有"某金山辩解"一文，较详事理，此文较意多，必精校，字法字亦好。

　　又两书似连号订合同，另寄奉行。

　　附上"辩解"之复印件可酌用。

　　　　　　　印内

　　迢好！　　　　　　　黄裳 05/4/12

2005 年

李辉兄：

　　得信知《后记》已收到，诸端均赖料理，我自是放心且欣幸。全书竟有三十余万字，非始料所及。交稿前或全稿排后清样，我想看一遍，可减少差误也。

　　近来抽暇少理旧书，可选用之书跋墨迹，约近百种，如能用拍卖行图录方式，由深圳印刷公司制版，每跋后附刊书影一页，想必不坏。此事不急，当在来春时处理也，姑先奉陈。

　　即叩
春禧俪福

黄裳

05/1/3

李辉兄：

　　信悉。后记印件改好寄还，想来您为此书花费精力之巨，既感亦不安。

　　此文曾交李小林，被退稿，乃更寄《读书》，尚未得消息。原稿已交陆灏一阅，提了意见，已少作改定（如印件）。

　　郑州之行想系为书跋手迹事奔走，春节后来沪翻拍，我又要翻江倒海大乱一通，翻拍之事甚麻烦，主要是质量问题。陆正伟拍人像……甚佳，但翻拍书迹不知擅长否？有沈建中兄拍书迹甚好，我的辽教版《读书记》前书影，即出其手，但拍照事繁，不知肯为一办否？

题跋中署名皆一时兴到，与内人同署。可不必注意。

后记分段落，即如尊议。

后记在报刊发表时，改题为"我的集外文"。陈子善兄近赴港，带了一份给董桥，如方便，拟在港发一次。但与《读书》同时刊出方好，不急也。

匆此，即问

俪福

黄裳

05.1.27

李辉兄：

1月31日信收到。

在《收获》发表之大作，已匆匆拜读一过。说不出什么具体意见，只觉得这个题目很大，很难，不知道你以后怎样处理。草草印象如此，写东西最难得的是"另辟蹊径"也，也就是"只开风气"的意思。兄年力正盛，能有此意响，是难得的。空话说了许多，而无实效，歉甚。继篇续出，当仔细拜读，再贡其一得之愚。

《八宝山纪事》一文读毕黯然。气局之小，张皇失措之状，殊非泱泱大国应有气象，不能不使人失望且生隐忧，此间友人亦多此感。如何如何！

近从陆灏处得见《古今》合订本（即谷林赠赵丽雅者）发

现谈《红楼梦》一文，实亦拙作，因周黎厂《后记》中罗列笔名未及，因不为诸公所知（笔名华皎）。证明我42年日记，绝无可疑，春节后当复印奉上，且加后记，此文自读以为不恶，较他篇为胜。

网上有关不佞之讯息如此热闹，殊非始料可及。《新谈》有出版者欲重印，且加篇幅、插图，尚无续讯，已付预支稿费3千元，而《金陵杂记》一书尤热闹，吉林美术出版社出一本，竟题《黄裳·南京》，有大量插图，印制精美，且以名家所作数篇作附录，真出意外。事前绝无所知也。

于《万象》上见兄撰吕恩谈祖光文，甚妙！此一角度亦惟名记者能得之，亦良史料也。

董桥还赠张充和书幅，昨日已由陈子善带来，且加精裱，得之喜怅交并，已于昨日约友人小聚同赏之矣。

年前沪上阴雨，绝无雅兴，只搜寻旧藏，补做题记（复旦大学出版社拟重印《清代版刻一隅》）正在进行，此书与"题跋"影印事同时进行，亦一方便。

时当岁末，雨雪载途，聊作寸笺祝阖寓年禧，得此恐在新正后矣。

匆祝

俪福

黄裳

05.2.28

李辉兄：

信悉，光盘收到，诸事皆如所说办理，我无意见。

你说我对铜版纸情有独钟，其实不然，铜版纸表面之反光最可厌，读起来甚不便。近见紫禁城出版社刊扬之水著《古诗文名物新证》一书，所用纸极好，印图版好，而无铜版纸反光之病。不知是否你所说之日本纸，提供参考。惟价格亦高。此书印数不多，不妨大方些，"孤注一掷"，如何？

所说加些说明，自是可行，当另写之。字数必不甚多，又此书必用繁体字，俾表里合一，不致成为笑话。

此外，关于《集外文钞》，尚有《多余的辩解》一文，校样未见，此文较重要，必精校，无错字方好。

又两书似应各订合同，尊意如何。

附上《辩解》一文复印件，可酌参。

即问

近好

黄裳

05.4.12

李辉兄：

信收到，知已从太原归，阎老西事访得多少？深恐已无多遗留矣。

永玉大宴宾客，盛况可贺。万荷堂尚未观光，但可想像得之。

《集外文钞》，所提整理办法均同意。

《故宫》写于 79—80 年。系刘北氾约稿。

《京尘杂录》写于 1946 或 47。

此外，皆同意你的安排。

《多余的辩解》《梅花墅》《澹生堂的藏书》，如可能，给我再看一下，以免错字。

《杂文复兴》等两篇，仍请放在解放初部份，因此为大案，与 57 年所作不同，后记中也另行提到。

想你在重订时，又多花许多精神，殊不安也。

我仍在担心，又制造出一块厚砖头，致为友人所讥，有可能分两册否？

匆复，即叩

双安

黄裳

05/4/26

李辉兄：信悉。

《乱弹》一书太单薄，因将《入蜀记》等两文抽出加入。当然要在《集外文钞》中删去。此书出版之快，令人满意。与三联之年余仍未杀青，可谓相去天渊。近尚有一书将出，但与《集外》无关，可释远念。

大象那本题跋，如有暇，望印一套照片给我，俾撰每篇之题记，但以简短为主，不多写长文。又广东的《收藏·拍卖》约稿，拟将"题跋"选数则与之。谅无关系，且可作些宣传也。

又沈建中拟在用毕后仍将"底片"两盒还他，附告。

　　即问

近好

黄裳

05/6/9

李辉兄：

　　书跋照片已妥收，说明当陆续写来。

　　《花步集》跋写好，寄上请收。

　　匆匆，祝

好

黄裳

05/6/20

李辉兄：

　　今年热得邪乎，几不能做事，翻书遣闷而已。北京之干热，似胜于沪上之潮热，真是彼此彼此。

　　大象之合同已签未？《集外文》拟用原拟之名，网上诸公珠玉纷投，感甚，亦可见读者之期许，该书不知已交稿否？合同可订否？均念。

　　我在《万象》发《论启功》一文，本不知其已在病中，颇涉及其著作中之缺失。既见噩耗，思此文不妥，急欲抽下而已不及，幸文末有撰作日期，庶可免身后"鞭尸"之责，然不安仍存在意识中。昨得苗子大兄长信，论及此文，尤感负疚。此皆我耳目闭塞，不知启老已病重入院之故。真是该打屁股。写此文前，曾致函启老，久而无答，不知其已卧床无言，真是罪过。兄等会饮见面时，请为我向苗子解释一二，为盼。

我不用电脑，网上消息一无所见，如有批评，乞见示，以便改之。

匆此，即问

夏安

黄裳

05.7.17

李辉兄：

得来书，见对拙作启功文予以佳评，不胜感愧，苗子来信，亦有此论，知当今解人尚不难得，用以自慰且自喜也。

暑热不堪，至今未已，不能作文，闲居观书而已。

《集外文》闻将于一月份书展时问世，不少迟否？我对所谓书展，毫无兴趣，淹没于大堆垃圾中，有何意趣。三联之《珠还记幸》可能于近时出版，两种相并，或更有益于书展乎？

近来考虑，《入蜀记》抽去，不免可惜。57 年停笔之前，所作以此篇较成片段，且较厚实，弃之可惜，不知您允予炒冷饭一次，以成全璧否？千乞。（插图故事，自当删去）

少谅当写《书跋》说明文。（此书合同似未得出版社签章本？）

即问

俪安

黄裳

05/7/27

李辉兄：

信与永玉书俱拜收。谢谢。应红做此书，着实花了心思，富丽堂皇，而不失于俗艳，实难得，他日《集外文钞》能有此书十分之一的光彩，就好了。

《读书》可刊拙作，实在难得。我写时耍了一点花招。其实所说两种编排意见，都是三联编辑的高见，这样写，是给他们留了面子，但他们能毅然刊出，也是难能的。

尊说所论诸点，都同意，前些时读陈白尘的《缄口日记》毕，颇佳。

匆匆不尽，问

双安

黄裳

05/9/10

李辉兄：

信收到，网上破坏文物文，恐尚非全豹，实际应以"罄竹难书"四字形容之。

《集外文》审读意见读过，此种文件当然好话连篇，不足为异，读后也没有脸红，只是头衔似应将散文家移前，藏书家云云不符实际，不免引人笑也。马后炮之言，聊供一笑。

上海天气已凉，"长假"中拟去杭州一游，不知能实现否。

匆祝

双安

黄裳

05.9.24

李辉同志：你好。

《乱世》一书太单薄，再将《寓庐
笔记》之抽出加入。将先写去望外没
收中删去。此书出版之快，令人
满意。与三联之牛俚仍未契者，可谓
相去无浦。
近尚有一书将出，但与"北行等忘
可诸遗忘。

大象新寿之装，甚为照，得到一套
已说诸疑，俾抵爸爸之悉礼，但以
简短为主，不多穿长文。又广东《炬生
指南》约稿，拟将"北行"选表回作么。
诸千多承，且可作此宣传也。又沈建中和
去周 毕说你将"晨光"两套还他，好苦。

此好！

　　　　　　　即问

　　　　　　　　　　　　　鑫 05/6/9

李辉兄：

今年热得斜乎，我不耐做事，却以看书消遣而已。此致拈热不以为病，抑亦时序之消遣，亦无彼此彼此。

大发诸同己发去？劳外文仍大以同意机之名，网上传之颇无分段，感书，不亦足读此潮怀，徒之亦甚己究择否，令可再行复之待参。

我亦以不忝为生怕砭功之，幸不至甚己老病中，断得又甚著作中之触笑。见足至乾思以不安，恩致抑不而己双及，幸文幸为擐作为题，亲于充身后"颜广"之责，此不字仍在之意他中。昨得黄子七兄来信，论及此之尤感负疚。此岁我年间闲笔不亲以苦起症去此院之故，真己该打屁股。护此之前，语致还督甚久而无营，不知其己收录等言，真己深过。尤幸令饮此两时，诸为我向黄子们释一二为妹。

我不用电脑，网上消息一无所见，告有批评，告思云，以便防之。

每此不问

更望

黄裳 05/7/17

李辉兄：

艺名宴事宴等

字不好，姑写之。请选用以宜色

石排看，则用"美求字"可也。

28岁

如祝

姜德明　十月廿日

又："文物"人员版合同即将草订，且前沈建中来访，

他想自印一套艺苑，望赐可寄去再选字，

对他此劳作弟作些微补偿否？亦念。

又，"文物"

李辉兄：

洋文艺，得悉一切。京中座谈

兄与大象因缘，已足构成一故事也。

知"文钞"仍在校阅中，甚善。又传读此

篇，参阅校记等上，请改正。惧原者可读，

再读之。匆、不一。即问

双安

黄裳〇六、一、廿九。

上些不是不懂，只是懒

著恰当当虑惟有自己

李辉兄：

　　书名写来写去写不好，姑寄上。请选用，如实在不好看，则用"美术字"可也。

　　匆祝

双安

　　　　　　　　　　　　　　　黄裳顿首

　　　　　　　　　　　　　　　十月廿五日

　　又，《文钞》出版合同盼能早日签订。日前沈建中来访，他想自印一套书影，望将所寄光盘寄还。又，大众对他的劳作曾作些微补偿否？亦念。

李辉兄：

　　一日信收到。备悉一是。

　　我的两本小书，承你多方费心，感甚。大象合同已寄来。我正在写此书的说明，写得兴起，想写出一些特色。不能本之如此，但有些书可以发发议论，不是枯燥的版本说明，进度不快，也许在明年年初可以完功。

　　你倡议对拙作举行讨论会，闻之一惊。我一向低调，想想此种讨论会的通常办法，不禁意兴不高，且需本人到场，此最可怕事，我只是自己写点东西，无人注意，也并不感到寂寞。但有人能作较平实之评论，亦自欣然。且从长计议可也。尊意可感，年来对我"吹捧"多多，只心识之而已。

　　在《南方周末》上读你在嘉兴会上对记者谈话，甚快，对韦君宜之评论，尤可珍。至于北京图书馆，批评尤快人意。此馆之态度最可恶，盼能有所刺激而得反响也。

　　昨日永玉来访，十年不见，握手欢然，一起出去吃饭，他在沪将有十日勾留，当尚有晤谈机会，大宣传凤凰之美，要我往游。且为我设计行程，专人接送。想想到底年纪大了，不敢应承。永玉小我四五岁，行动仍便捷，但比十年前已显老了。他在沪的朋友已无多，言之惘然。

　　永玉要我读《……老头》新本所撰之新文，云曾请你寄我一册，希见寄。

　　匆祝

近安

黄裳

05/11/6

应红先生：

　　手示及合同两份收到，即签好寄上，请查收。

　　此书前后得您大力关照，非常感谢。书若过厚，能否分两册？装订希望用线订，或少便于阅读。以上不过是私见，一切当以出版社决定为准。

　　匆问

近安

黄裳

05/11/8

李辉兄：

　　信收到。

　　寄来网上文字，多谢。傅月庵文写得不错，陆灏已将台湾报纸寄我，不想网上全收了。又《新京报》也转载（小有删节），如此热闹，非始料可及也。你的设想，搞一次评论，不无道理，就照你的设计办吧。只是不要弄成目前那种 XX 会之流为好。

　　《老头……》确已寄我，但不知放在哪里了，可见近来记忆力之差。老态，奈何。

　　想抓紧将《书跋辑存》的说明写好。小序及开始几篇已寄《收藏家》，即出，你可在此刊上见之。

　　匆祝

俪福

黄裳
05/11/18

2006 年

李辉兄：

得手书，得悉一切。京中座谈，兄与大象因缘，已见报载，诚盛事也。知《文钞》仍在校阅中，甚善。又续读数篇，今以校记寄上，请改正。将续有所读，再寄上。匆匆不一。

即问

双安

黄裳

〇六.一.廿四

李辉兄：

信及快递都收到，校样看过，校者心细，凡所改正确者，皆以√号识之，照改可也。《热山芋》论实为真实感想，所歉者未能以合格的原稿相付，因感不安耳。冰点文件尚待细阅，传闻将复刊，仅去主编二人而已。或多方上书之效。封面未见，其实只要你们通过，即可。我无意见，只想用了许多印记，难免过于"古香古色"耳。网上对不佞之识论多偏爱我的旧作，甚感悲哀，但望新有所作仍不失当年凌厉之气，可少念于怀耳。《收藏家》可刊文，今年第二期有评国家图书馆者，亦为尊作做响应。此后或少作简单之说明，不再多说闲话，或可早日观成。

如有新书之可观者，乞赐一二，以除寂寞。

匆祝

双安

黄裳顿首

〇六．三．一

李辉兄：

前信计达。

《珠还记幸》终于出书了。佳纸本尚未装出，不知何时得见。兄等所得赠书，当少待。

丁聪近状如何？《读书》漫画已两期不见，报上说他大病方愈，颇念之。望以其近状见告。

子善无消息，开评论会事进展如何，亦颇念。暇希见告一二。

北京风沙颇令挂怀，兄等当居家不出，亦气闷。念念。

匆问

近好

黄裳

06/4/21

最近在抓紧写《书跋辑存》文，望在上半年结束之。

李辉兄：

昨寄一信，想收到。

我有一忠实读者，《光明日报》的荆时光，常通信，此公能量不小，消息灵通，熟人甚多，前于通信中偶及我的评论会事，适得其来信，热心提供种种线索。关于此事，我一点力量也使不出，今将他的来信附上，不知可与之联系否？

你所拟的讨论会名称我完全同意，最好不要提什么"藏书家"。

永玉为《集外文》制书笺事，我已写信给黄永厚，请其催索，或可得。

余不一一，即问

双好

　　　　　　　　　　　　　　　　　　　　　黄裳

　　　　　　　　　　　　　　　　　　　　　06/4/23

李辉兄：

快递收悉。知近与苗子、郁风游豫中名胜，老人游兴如此，不胜欣羡。《文钞》即成书，甚感。贤夫妇之辛劳，谢。此书先天不足，成就非易，遗漏尚多，亦只能如此了。

研讨会事，多劳兄张罗，不安之至。所约诸公均好，能赏识我文者，叶圣老、俞平老、吕叔湘、钱默存，皆为古人，海上诸名家，无一知交。惟王元化相交颇深，惜近日病甚，可以一笺寄之。此外则何满子亦熟人。他无可忆。弟意年轻读者，颇有知音，《光明日报》的荆时光近告，将组织十人左右，来沪与会，甚望与兄认识，因以尊处手机告之。上海亦有读者不少，如发消息，则不期而至者亦多。前日与小友畅谈，除所谓"藏书家"一题外，所见颇新而确，我亦以有此少年读众为荣，此意谨以奉闻。兄为我的《书简集》撰序，可谓知言，亦近来仅有之"知人"，此意始终铭感，不敢忘也。

尊作少读数叶，论周扬甚是。因思我为梅兰芳自述传记之最初设想，亦同此意。梅之身世、经历，更非周扬可比。如能为一佳传，细考生平，多收逸事，则自清末至解放后数十年间社会情状，艺坛风云，人事变迁，皆成一"社会史"小影，惜无人能知此意。"梅传"不少，皆务不足观，我曾闻其有关逸事数则，皆不足为人道，然皆秘辛也。

汝昌处当然要通知，我想他会作文问的。三联处可给吴彬、郑勇（他是责编），范用似不应不通知，黄永厚亦可通知，他人一时想不起了。

评译文荒谬极是，《冰点》重出，亦可喜，可觇当局意度。

匆此，即请

双安

黄裳

〇六.四.卅

李辉兄：

刚收到《集外文钞》样书，大体还好，只是少局促，仿佛被关在囚笼里似的，睹之气闷。然亦不得已也，应红必处处为难，我十分不安。又没有印数，不知印如何？出版社估计此必赔钱货，怕积压，可以理解，但愿他们估计不错。

永玉昨来访，携一轴大画见赠，诗也给我看了。他说与兄从凤凰来沪开会，得此公惠临，可壮声色，故人情重，甚感之。

又催他画书签，说即画，即寄，不知尚来得及否？

此书拟赠少量给友人，想托应红代寄，少迟以名单地址奉寄，免我跑邮局之苦，谅之。

子善前天来过，少谈会事，不知邀了哪些人，我则以有小朋友来为荣幸。上海我只提了王元化，未必能来，海上巨公虽多，我不敢劳动他们，此意兄当知之。

匆复，即请

双安

黄裳

06/5/17

《珠还记幸》特印本已请三联分寄京中诸友，想即可见到。

李辉兄：

前信寄后，久久未见复，以为李辉生气了。今得廿六日札，始为释然，请恕我一时兴起，直言不讳，为幸。汝昌一文甚好，付夜光杯于开会当日发表，亦佳，但xxx胆小如鼠，此文无忌讳，或可用也。

子善前日来，谈会事，知兄等多费周章辛苦甚矣，甚感不安。此会上海作协是否通知，子善见问，我一向不敢惊动沪上诸大人先生，但礼仪上又不能不说一声，请子善酌处了。我现只得样书一册，望将赠书寄下，五册毛边，可送给毛边党也。会上闻有我新书三种赠与会者，安徽教育说也将送一种来，其不能与会诸老，是否补奉，请酌。（如京中诸友，沪上之王元化、何满子等。）

李辉先：你及快递都收到，校书心细，凡所
改正确当，唯以レ号改之，恐改不过也。如
《山芋》设实为妻
定感想亦敷衍，者考虑以合格，而我相意因感不安耳，我年意多
水远文件尚待细阅，侍閒将复刊，佳赤是扁二人而已，我年意多
方止之敦。
见，只想用之多所作，难免过於"古意古色"耳，网上对不住
之仪设多偏爱，我的旧作，甚感惭愧，但说我古而作仍不失
当年凄为之气，未似乎收表来家之则文，今年茅二期
有许国家图书馆曾为多作做修复，此後我如作简单之
说叹，不再多说雨谢我百岁的观感。兹书针玄之亍观世纪
如一，以防字寒。如。祝

双安

黄裳 又
06茅三一.

李辉先生：

快递收悉。知近与芳子游豫小多胜，老人游兴尤为不浅欲美。"受命"于咸丰、贤老等，亦以此为先不。

这成就不易，造福尚多，不以为苦劳，善至老、俞平老，皆我辈研讨会事，多劳之将买不与之去。苦，善至老、俞平老，皆我潮钱默存高古。知友，惟足之化相知甚浅近日病甚，尚以一笑置之。纵如人从乡方北，才意年轻读书，那有新意，光的旧指南街时光近求，惜阻此十八岁古人，才作一会，遗话与光话找因以以意于机者心。

此海亦有读者不少，头盖信远，以不期而至者不多。苟月午小友畅诗广而谓"裹老远一犹有而见博季声健。我亦以有此少年读会为善，老为"远简单、报序了谓知言，亦近未仅有之知心，

此奉谨以奉闻，

钱尚

此幅将终镌成，尤觉意也。

菉步诗类甚，论画揭世。因思我于艺梅篆刻自世伴记之表，

那设志，亦因此意，拟之身世。继历……爰岫周招丐此，兆郃当一佳侣，

细考生平，多收逸事，则自清之迄日家径先故事，间犹今情依也。

坛师云：人贵变过。晚戚「我今却是当新，情年一味和忘。」拟作

不必此为，不足观。我忍问世有差。遂事刈别，必悉为人逮，此吟

知字也。

世另如当先零通乜，我忆他今作文的。「三株冬万岁冤树、郑勇（爰

芝涌）蕉用仍不觉花。通知芸永彦音可通知他人一树去不让了。

评诗爰差弹报也。外此主出亦可喜，刊现责另意爰。

黄党 〇六·四·廿·

别峰 谐

双字

李辉兄：

　　刚收到"榆下说书"样书，大体还好，只是左
右疆，仿佛把老园弄坏了的感觉痛。最末
不错也此，立红水彩之为重，我什不写。又恨书
字数，不会印太行？出版社估计叫你隐钱货
此轻是，不必理钢，但那他价估计不错。

　　承你作来试摸一抄大西已路，话也给我看
你说与之总瓦空本作开会，没此与表临河此声
色，姑久　情迷，也成凡。又优他西己签，说印画，
印寄，不无出未得又看？

　　此之未以各步卷待余人，书扎宣仁代写，必迟
名年 此此本寄。完我此郑局亡苇读。

　　弟荟老末世，少说苇寄，不会迟了你以久，我
此一省小朋友苇少苇等。上海我以投了毛化，
未好评来，家上弘与纂，我又取劳动他们，心意
之当无之。

　　为差，印请

　　　　双安

　　　　　　　　　　　　　　　黄裳 06/5/17

此事还不式未力特印本已请三讨
如家亲亦诸友，去那有见到。

2006 年 5 月 17 日

汝昌文中称我所作为萧散淡永，虽不免过当，也是知言。但他病目，未能多见我的近作，不见凌厉之气，其实好说"怪话"，为近来一特点，而公然指实，又有违"主旋律"，只得婉转言之，言外见意而已。

前收得我五七、"文革"文件之瞿某，以所得遍示京沪诸人，冀得善价（已涨至二十万），更于《藏书报》撰文相质，且引用"材料"，已函该报，得复致歉。昨日，瞿某更直接打电话给我，以所得"宝贝"相诱，被我斥退，表示毫无兴趣。拟写一杂文论"解密与知识产权"，写成之后将以呈教。

匆匆，即闻

俪安

黄裳

〇六．五．卅

李辉兄：

快递收到，永玉画及《新京报》书评、书签等都收到。知兄又将远游敦煌，羡羡。

此次研讨会，由兄及子善发起，会开得好，十分热闹，我既高兴又感谢。《集外文钞》初见时不甚满意，后来看也很不错，大方，装帧也好。已见两篇评介，没有什么不满意见，应红为此书费心费力，作为作者，是不会忘记的。闻兄将撰新文，不禁翘企。乞仍以散文立论，少提"藏书家"云云。上海拍卖行熟人要我找些书凑热闹，不图一些平常书因有我几题跋，纷纷为人得去，称"新黄跋"，殊可笑，亦非所愿。因避"藏书家"

之名，不愿人多所提及也。

匆此，即问

俪安

黄裳

〇六．七．十二

李辉兄：

信收到。

羡慕你们的壮游计划。

永玉来过电话了。序不好做，但写了一篇，寄上一看，并示永玉，不知能用否？此书新刊，必有些不能不改动的地方，希望序中提到的一些，保留不动。

匆问

刻安

黄裳

06/8/8

李辉兄：

得信，知游俄情况，昨报载莫斯科大爆炸，幸而你们已回来了。

黄序已收到，请转永玉，如承印可，我想先发表一下。

《集外文钞》遗漏不少，那篇《嗲》不该失收，幸亏燕祥发现了。不知他从何处见到，佩服。又此书我处无多，只收到毛边本五册，平装没有。不知合同应赠作者多少，请应红一查，再给我几本。（此书我未寄赠友人，因知开会时送过了。）

跋文仍在写，恐近时不易完成，写此种文字，也要花功夫。

祝

双好

黄裳

06/8/23

写好此信，即得快递。沈公图传一册，极有趣，当细读。那篇序既得永玉印可，无多错字，只是"得一大白"句，"得"字应作"浮"字（第三段倒第二行）。原件不寄还了，即作投稿之用。

吴澄文已见，是我的老读者了。说得很有意思。

会后子善以诸发言稿见示，并说可以印成一本小册子。我以为可行。如能实现，我想选一下，并增添几篇有趣之文。舒展文听说是你约来的，我以为应删。内容无新见，说旧事皆习见，且多误。如转述梅先生的话："瞧您说的，请还请不来呢。"漏一"瞧"字，口气全失。又说我《饯梅兰芳》文中，有"一曲伊州泪万行"句，错了，"万"误为"千"。还引了《全唐诗》，好像颇有"学术气"，但查《旧戏新谈》开明书店本，此句正作"万行"，不错，实是无的放矢。此外错误尚多，我若干年前曾为舒展的杂文集写过一篇序，此后多少年未曾见面，亦未通信，而他在文中"裳兄"……不已，令人不好受。因此我觉得，他这篇捧场文字万不可收。希酌定。又及。

李辉兄：

　　信和《文钞》两本都收到。

　　你还代我送书给京中诸友人，更是感谢。请原谅我这人对赠书之类书之糊涂，向来如此，并非今日之老悖也。

　　开会中所见诸文，有写得好的，有写得用功用力者，都值得感谢。也有了草应付之作，如黄宗江文，几不知所云，如周汝昌作，也是随笔而书，未见真意，年纪大了，不可强求，都无所谓。只舒展文实在看不下去，劳兄作"恶人"，抱歉抱歉！总之，所得已多，铭感无既，应该知足，且出意外，此皆兄与子善爱而力助之结果，我知道感谢。用不着反复声说者也。

　　匆匆不尽，即请

俪安

黄裳

06/9/2

李辉兄：

　　小书一册，压在书丛中，今日整理，始发现，已阁置经月，不胜抱歉，急书数行奉寄。

　　久未得信，不知道作何生涯？《书跋》交稿延期已久，近拟作一结束，不知大象仍能如约接受否？

　　余不一一，即问

秋安

黄裳

06/9/30

李辉兄：

　　我的身份证号码为

　　xxxxxxxxxxxxxxxx

　　银行帐号是中国工商银行（淮三支行）

　　xxxxxxxxxxxxxxxxxxxx

　　又案上新书两本，中华一本有《冬日随笔》一篇，投稿数处，皆碰壁，乃初刊于书中，可笑。

　　匆祝

俪福

黄裳

06/11/7

李辉兄：

　　得到永玉的新书，忍不住要写两句。书印得漂亮极了。应红是有本领的。希望什么时候能为我也弄一本这样漂亮的书。预先谢谢了。

　　我最近仍忙于琐事，那本题跋集不久可以动手重编了。拖了许久，不知大象仍有兴趣否？

　　匆祝

双安

黄裳

〇六．十一．廿

李辉兄：

快递收到，《集外文钞》稿费已收到无误，今将收据签好寄还，请查收。

《书跋辑存》最后一批稿，一月份可于《收藏家》见报，届时当开始编排，一旦辑成即将全稿寄上，并告我对印刷的初步意见。

匆匆，祝

好

黄裳

〇六、十二、九

2007 年

李辉兄：

信早收到，因忙且懒，迟复，亮之。

《书跋》已告一段落，拟重看一过，并理图片，即寄上。有一些想法，初步拟开本如永玉的《家底》，方册，尺寸少小些，纸如能用《珠还》之纸，并保证印刷清晰（因中有朱笔跋文），则成本或少低（用铜版纸）且避免拍卖图册千篇一律之病，不知以为如何？应红为此中内行，请予考虑。印刷在何处，亦当斟酌。

兄今年工作计划，甚念，且以写我的论文为重点，为之不安。评论会小册子，子善正积极筹措中，盼其早成，再晚则失时效矣。兄处如有有关文件，可寄子善，不限开会之文字，可少活泼也。

余不一一，即问

俪福

黄裳

07/1/7

李辉兄：

整理《书跋辑存》粗毕，今以全稿寄呈，想到一些问题，随笔记下，请酌裁。

△全书用繁体字。近来出版物，简改繁闹出笑话不少，须注意。同时想到，处理此书之责编，以较熟悉旧书之人为宜。

△此书开本，前曾说起，以黄永玉的《我的家底》为范本，用方册形式而少加变通，用意在印长跋（如罗汉十八相前之朱笔跋），宜用两页合印之，而不使两页间之骑缝侵没文字。

△原则上，序文占一页，用较大号字，但不用活体。说明另起单页，视内容多少而定所收图版，如此可以节约纸张。图版以跋文为主，其后附以图版，图版不必再加说明，只在跋前写一大题，为目录所写即可。

△用纸，彩印，三联所印《珠还记幸》即可满意，不用铜版纸，一可节约，二可避免拍卖图录千篇一律之公式也。

△印时，我自费印二十本"无光铜版纸"本。

△在何处印，谁家印，不妨向三联打听一下，再作决定。

△排出清样后，给我细校一过，以无错字为标的。

△书名《劫余古艳》甚好，原题可作副题。这个题目是我从一本明初黑口本上的"闲章"借来的，以为如何？

△余光中，有两三种书影照片找不到了。你处有光盘，能否补印，如嫌麻烦，即去之可也。（在书目前用△别之。）

△有些（少数），跋在书后，可变例，先图版，后跋文。

△前曾说起，拍书影的沈建中可给予适当报酬，书已阁置经年，我颇不好意思，请考虑。

以上杂乱想起，写供参考。我颇重视此书，写说明也花了一点功夫。但在出版社，又是一本不嫌钱而极麻烦的工作，请代询他们是否愿意承担，我为出版者着想，有些顾虑，谅解我

李辉兄：前作寄达，久未奉复，以为李辉生气了。今
得此日札，始为释然，诚然我一时觉走了言下谤，
亦幸，此罢一又甚好，付庆光报于廿会当谢。

但严建平肥出血，此文无足谤，或可用也。
子善前日来，谈会事，出兄多费周章辛苦甚多，
甚感不尽。此会之海作协是否通知，子善见询，我一向不敢
劳动沪上诸大人先生，但礼仪上不能不说一声，请子善酌
处了。我迎当样送一册，望特赠签字下，三册毛边了

送给毛边堂也。会之南有我弟弟二册赠与会者为教育谤
世惰送一种未，其不便与会诸老，最宜补奉，倩酌。〔此章书

诸友：沪上之文化何陆子茅〕

世兄文中称我可作为萧散淡永，雖不免过当也

是知言。但他病目，未能亲见我近作，不免凌厉之

气。其实如说"怪话"，为近来嘐封言之，无外处意而已。

有违立祝样，不敢以此事相期只和下去，说之而已

先目光无作，不敢以此事相期，以可得偏示拙书作谱

人，莫得善价（已语至二十册），更求我之拙，以我之相贺，且引

用研料已函谈拙，得玫瑰，昕可瞿蓭更更直持打电话

给我，以可搡觉児相诮，祇我所退，表方毫，与达邦，如它

一丢又讼"和宓与知邻是我，字成仮惆以呈教，如之所问

僅此

黄裳　○六，五，廿

李辉先：

快递收到！承见画又刊拙字并书评、至感

苦劳收到。知足又特远游巴黎，善之。

此次研讨会适逢兄及王善兄共往，今开洋此，十分为一开心

甚高兴又感谢，承见时无不甚满意也。

书看也很不错，大宗世俗也。

有升降若满意之处，无知当见谅见。己见两篇评介，

是否会意惬必以闻，此书当为……

立论以长裁书家言，此後拍卖约……人豪我此书凄为一开，

不图一些平常之因有我教育书题，终淋书，於……

不差，不非以取，因此……多此……藏之名，不取人多可将及也。

俭安

瑞光露氛丙戌夏吴昌硕

〇六、七、十二

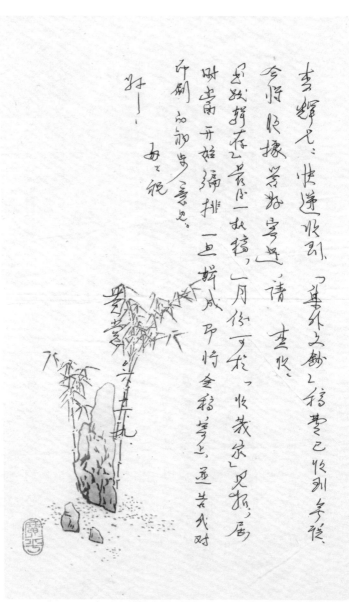

李辉兄：

快递收到，"年外文物"稿已收到多份。

今将收据签好寄还，请查收。

我致辞在"老报"一批稿，二月份出起，"收藏家"见报，届时当一开始编排，一旦排成即将全稿寄上，还有我对所创品的些意见。

好！

黄裳

的啰嗦。

　　匆匆不尽，即问

俪安

黄裳

07.1.20

李辉兄：

　　收到来信得知京中诸友近况，丁聪大好，尤令快慰。小书得应红热心关照，极感。八本书诸文件此间都可见到。袁兄君子，虽怒而不见于声色，老党员可佩服也。沙叶新文见否？尤可敬。又有一事，《南方周末》上一期有文涉及梅兰芳，语意轻薄，题目尤可哂。我已写一文，题曰"关于梅郎"，小开玩笑，投稿寄之，尚无回音，如不理，则将别处发之。兄与此报相熟，不知可为一探询否？晨起春光满眼，今年竟无冬意，亦可怪。

　　匆问

俪安

黄裳顿首

〇七．二．二

李辉、应红兄：

　　"快递"于今年二月五日晨十时二十分收到，可谓"快递"之尤，附上原单，下次寄信，万不可请教此"小红马"矣，一笑。知兄等陪苗子返故乡一行，欢喜无限。有此老友，如此对老友，可为当今佳话。关于小书，一切拜托，国内出版物用繁体字者多多，我的《清代版刻一隅》（山东、上海两出版社）均如此。此书不求快，但求满意。你大可不必为此忙碌，千万千万！

即以此笺向你们俩贺春节之喜！

黄裳

〇七．二．五

李辉兄：

前寄之稿，缺《南宋诗选》及《高峤十二景诗》两种图片。今日忽捡得，急寄上，补入原书，无毫发遗憾矣。

《南宋诗选》我写的一跋，自命为得意之作，于诸跋中别有风致，请加入原书，为幸。

匆问

刻安

黄裳

〇七．三．五

李辉兄：

信收到，《古艳》一书的设计，我只不过是有个大致的设想，你所说的跋文照原大，以便读者，甚是。此书设计，完全由兄处理，样张出来给我看一下就是。

又人民文学要我编一本散文集，我的文字杂乱，想面面俱到，选其可读者颇觉困难，你既重读拙文，能否随手为我留心一下，以可选者见告，幸甚。

京中有何新闻，盼便中少示一二。

匆祝

俪安

黄裳

〇七．三．一八

李辉兄：

校样花了两天看毕，排印尚佳，只是由简变繁之老毛病依旧，以"範"为"范"，以"雲"代"云"，不一而足耳。有漏去两行已补入，改毕此段应细校。

此外想到，此书必用线订，而忌用通常之胶背订。此中利弊，兄为内行不言可喻。此外，有长跋时，书卷开合时，必不可令书脊处侵字，致读者必强掰书脊始能见字，此为对读者极不尊重处。此外，说明一书一页，或几书一页，可节约篇幅，此点希兄酌定见告，最后之清样我也想看一遍，不怕繁也。

匆匆

黄裳

〇七．三．廿三

李辉兄：

郁风逝世，甚出意外，不胜伤悼，渠大去之前数日苗子以快件寄来书法一帧，为在澳所书，笺纸则郁风画也。得之惊喜，即复一笺，不期未数日即变作也。连日于东方、晚报上见兄及应红纪念文，想忙碌不堪，苗子避居养静，甚望其节哀顺变，见面时请为道意，不别作书矣。

　　近来韩石山对弟大肆攻击，无中生有造谣侮辱，不拟正面答之，长其气焰，拟请律师告之。兄事少暇当以详情奉商。

　　匆此，即请

俪安

　　　　　　　　　　　　　　　　　　黄裳

　　　　　　　　　　　　　　　　　〇七.四.廿三

李辉兄：

　　与汝昌通信集校样两包已收到，头痛的是与原迹复印件对不起头来，寻找为难。其实不对原信，也可以看，且能捉住错字，十之八九也。

　　五一长假偕家人到杭州住了两天，少作休息。此间环境不错，树老而多，为一大特色。此外，绝少游人，与市内恍如两个世界，得面对苏堤、湖水闲坐，佳遇也。

　　尊信所说，多作杂文，不如校定日记旧稿，此意良是。但旧日记必自抄，最是可怕。远不如随手作文快活，有挥洒之乐也。且有些文字，触及感情，不能不写，我与梅先生并无深交，但见有人污蔑，不能不起而声辩。《南方周末》迟至昨天才见报，一狭长条，在报纸边上，加"争鸣"头花，此种处理必费心不少，可笑。

　　与葛剑雄辩亦不能不辩，此事已告一段落，《随笔》不再刊此事之文字，可了一事。

　　《山西文学》韩石山偕沈鹏年大举向我进攻，我未发一言，鲁迅当年称此种人为"粪帚文人"，不可与之交手，否则必满身粪污而后已，先生之言甚是也。

　　匆复，即问

近祺

黄裳

〇七. 五. 四

李辉兄：

　　《封面中国》收到，前在《收获》发表时，未能一一细读，现在可以补课了。正如一部中国近代史也。

　　奉尊意，韩石山等无理取闹，我无一文答之，近在《夜光杯》发一短文，即此意也。不知见到否？韩某说我串通郑振铎卖书与文学所，以谋利，真天方夜谭，亦"开国后官商勾结一大案"，可笑亦可悯，当不予理会，如尊论所示。

　　《劫余古艳》进展如何，为念。近拟编一《文存》，拟将所撰"解题"收入，如排就，请将校样示我，校定之。且可得一副本也，盼盼。

　　匆祝

双好

黄裳

07/5/18

李辉兄：

　　手示悉，并图画版样俱收到。

知近又偕永玉去凤皇观龙舟，甚感甚羡。前于报上见兄之访问记，知近来忙于著作，且杂务纷繁，因念以拙作奉托经营，实大罪过，不安之至，今见样本，全非意想中物。经手人全以《收藏家》版样为准。忆前寄稿与兄时，曾有详细说明数纸，如仍可找出，可知细节。所附照片，亦前后分袋装之。《罗汉十八相》一书，有整幅照片，非《收藏家》所用截去头尾之"中段"也。此事甚要，如无大照片，我将找出补上。

序文应直排，占整半叶，字体可选较大者，以满幅（或少空数行）为准。说明不可分割，长者占半叶或一两叶，短者几种书之说明合一叶，图片重要者占全叶，次则两幅占半叶，是否加说明，俟见全书排样后再定。目录亦应直排（其应占半叶全幅者在目录中以圈标出），尽可能多用全幅占半叶，不一定以〇为准。

这本书是有意作成"新古董"，这才好玩，所以絮絮说了许多，此议本由兄提出并促成，今反被套住，如股市跌后情形，念之不胜歉疚，罪过罪过。

匆祝

近安

黄裳

〇七．六．一八

李辉兄：

快递收到，读后深感歉疚。惭愧的是虽然年迈，仍不脱当年脾气，一时兴起，就下笔不能自休，弄得目前的样子，想想在如此酷热之际，使你陷入此"空前"之出版物制做之"八阵图"中，真是不好意思。也不能不怪你当时一时兴动，倡议编书，却不料我这个作者是"好事之徒"，也要负一部分责任。一笑！关于书的制做，全由阁下负责，随宜处置，所说缺图的四种书，就抽出来不收。此外，还有图片的说明，等见校样后由我拟定。又，非必书影每幅皆用全张，有的（如《武林旧事》）不妨二至三幅拼为一页，如此可缩减篇幅，书不太厚，只重要之书，方用全幅（如《潜夫论》《兰雪集》等），皆未见著录之书也。我有些设想，曾于交稿时写一详信，可参阅之，不能办到的就依尊意改之可也。所担心者，必用线订而非通常书之订法，乃可平展于案上读之耳。一时说不清楚，只好摸着石头过河了。又，我将于三联出一本《来燕榭文存》，拟将《古艳》的说明收入，甚望早日得见全稿校样也。

　　匆匆写此，不尽。即问

双安

黄裳

〇七．八．七

李辉兄：

　　快递收到。

　　尊作《封面中国》在《收获》上连载时曾断续读过，甚有妙趣，窃以为是开了一种风气，历史事件原来也可以这样处理的。今读大连报导，对此点未着重揭示，今以"只开风气不为师"一语相赠，文化工作，以开创新径为可贵也。

附来印件草草看过，有些意见如下：

（一）《十八相》朱笔跋，似少肥而失真，不知何故？

（二）图片，最初扫描时，只取局部（机件所限），未能展示全图风貌，今附上我自己用数码相机所拍数幅，请用一二幅全图，因有刻工姓名，讲版本者所重，不可忽略。原件两幅，作局部图保存最好，如能增一两全页图，则更好。

（三）前以藏书印钤本寄奉，草草印成，都无可观，请不用。或另钤一纸寄上，可采用。（序后不用印）

（四）序文加红格，甚好，但字体偏右，请移中。

此书既为"新古董"，则必合乎版本学之规格，以免为通人所笑。美编最好是内行，否则不免来往函件，多说许多废话，更增我兄烦琐，不得已也。务希见谅。

匆此，即问

夏好

此间已转凉矣。前复信，收到未？

黄裳

07/8/13

李辉兄：

手示敬悉。远游归来又要投入头痛的出版工作，甚以为念，且惘怅也。所说的问题，决不将图版说明收入预定之《文存》中，留待书出版后几年再说，即编一书籍题跋，这是后话，远在《古艳》出版之后，请大象放心。诸事奉托，我是放心的。还有一李辉兄：收到来信，得悉尊体诸友近况，了悉大约，尤令快慰。

小之浮……想心差……权威，八本书诸文件此间都可见到。

表光君子心生……两可见来声色，老觉员了很舵也，沙忖料

又旦至？尤可耻。又有一事，有才开去土上期有文涉及梅兰

芳语志，轻声是目尤不……我已写了一想归……于梅那小小

开玩笑，投稿云，……守四号，当不……到你别之去意。

先与此折相送，不知可为……探询否？暮……老……眼今

年竟无冬，……可怪。

匆此

即问

俪安

弟彦祖手

〇七三二

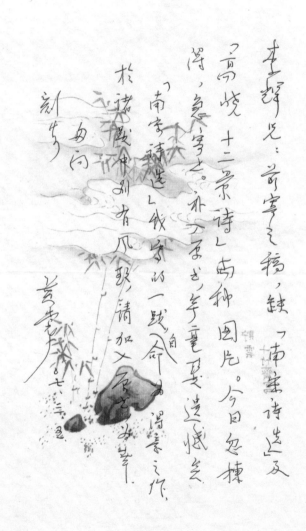

李辉兄：前寄之稿，钤「南窗诗选」及
「高峡十二景诗」两种图片。今日忽检
得，急寄上。补入为妥，半壁琴遗憾矣。
「南窗诗选」我亦以一跋（命名）为得意之作。
於诸殿神刻有几玖，请加入尾幸。
勿向
新书

黄裳 七二二三

2007年3月5日

李辉先生：旭风遇达，书此意者，又附修悦，集大去く
前数日寄此以快件寄来艺法，一愧为左演万急，蓁纸
别柿扎画也，得人华鸟喜即夏一爱，不朝寄夫日
即变作也，连日形专方，睡未上见足反云红足念矣，忘
忙碌不堪，苟子避会募静甚望其命长脓连见面时
诸当道言，不别作之矣。
近来弗石山得可大碑改专与竹华有送谣偶辱，不拟
正面者く，衰甚多缓拟诸律师言く
详情专属。每此即请
俚多
兰蒙寿
己四卅三。

杭州西湖国宾馆
HANGZHOU XIHU STATE GUESTHOUSE

Fax Message

To: _____ Fax: _____

from: _____

No. of Pages: _____ Ref: _____ Date: _____

subject: _____

李辉九兄：与洪□兄□等枉驾两皆已收到，只惭如处
与勇联复函件对不起尊兄，寻找为难，茫茫不对
等事，此为以看。□日蒙投信错字，十三、八六、九三
旦二幅向你家人到杭州信之两页与你传真已见。
纵履又艰□抄老而多去一大特色，绝少游人与
市内悦目而个世界，诗画静幽能，湖水、商坐、往週处
尊侣何说，作作业之，而务於宣日记旧稿此意良发，

                                    择

但若自记心自抄，尝及丐怕、遗去矣随手作之快谈，
我为梅先生生平译文、其苦些文字，鄞不载情，不到不宏，
而言辩，书内南书述圣竹天才见托，一快无事，女
抄夜也之如「争鸣」驾美此书处理水庸事已有，可爱，
与尚刻排辩方不到不难、此事弓善一般不足华不
再到成事之文字，乃王一束，
小西子学、掉石山似沈鹏年大学向找也、改、我寺爱一言、
善述当年祥竹新人为「重寻久久人，不奏之己、定求、不及对
必须身美任尔俊心、先兄之言是也、

                                    黄裳 o七五四

迟礼   每等邛问

件，是初版时，我自费加印二十本无光铜版纸本，想不难办到，此则新古董之尤"古"者，不多送人，只以自娱。

又日前随手写了一个书名，用的是硬笔，附上请看一下，能用否？

匆复，即请

双安

黄裳

〇七．九．三

李辉兄：

久不得信，甚念。前寄信及《劫余古艳》题签想收到，此书进展情况如何，亦在念中。请抽暇告知一二为幸。此书排成后弟尚须自校一过并补上插图说明，悬想排印种种琐事，为兄所添麻烦，时兴不安之念，如何，如何！

京中诸友近况亦时在念中，苗子近状如何，高龄失偶，想必心境沉重，望能善自珍摄。燕祥久不得信，亦念之不已。小丁病状如何？数日前曾去平湖一游，途经枫泾，不能不念之也。京中盛会，观感必多。

不尽一一，即问

俪福

弟黄裳顿首

〇七．十．十七

李辉兄：

永玉的书和你的信都收到了。很早以前永玉就影印了《浅识》的原稿寄给我，说报上发表的有删节，这是一个长卷，一大卷，翻阅不便，所以才想再向你讨一本"正本"，可"立此存照"也。

《古艳》小序连同别一书的跋，前两天已寄出了。篇末"大象"云云，来不及加入，甚憾。

关于此书我别无意见（也许已经太多了），只希望尽量使题跋字样更大一些，以便观览。

关于我那个研讨会的小册子，据说早已排好，等子善的序，还压在那里。我想，应还缺你答应过的一篇文章，不知写了不？也许事过境迁，没有兴致了。

即问

双好

黄裳

○七．十二．廿

李辉兄：

快递收到，同意你的意见，4号设计较好。

怎么又改为中州出版社了。我与《开卷》的说明，还是大象。

还有一个希望，用纸要好一些，我是外行，一切由你处理。

匆祝

好

黄裳

07/12/26

《新京报》所刊两文，错字累累，甚可惜。

2008 年

李辉兄：

快递收到。

《封面中国》事件，过去只闻传闻，今见《中华读书报》所刊《严重声明》，已完全承担责任，你已讨回公道，只对抄袭问题，所说尚吞吞吐吐，似未尽揭真相，此事似由书商操作，此风绝不可长，令人扼腕。

承在贵报刊出评议拙文之作，甚感。得到贵报发表，尤感光宠，谢谢。

《古艳》一书，因故难产，我已几乎忘记此事，由兄操作，一切放心。请从容从事，不必急。

不久前，经人介绍，我将《前尘梦影新录》手稿交富阳一专印古书之出版社复印，闻不久可成，此又一新古董也。此社曾印郁斋藏书书影，甚精，望能得一不错之复印本，成后当以一本呈教。

春节将近，国内连遭雪灾，颇心忧之，我辈尚能安居过冬，思之可愧。

即此，即叩

年禧

夫人同此，不另。

黄裳

08/1/26

近得燕祥信，始知其养病京郊，不知何病，京中诸友俱念，暇希以简要情况见告，甚盼。又及。

李辉兄：

得手书并照片一份，多谢。

京中旧友会集，兄当为第一召集人，良会难得，海上无此机会也。照片后排女客不相识者多，有暇希告人名。

《古艳》已入最后冲刺阶段，不胜欣幸。校对"板""抄"统一，甚好，分两册设想亦好。但望一切顺适，成为"妙品"，是所愿并无限感谢足下之辛劳也。

匆此，即问

俪安

黄裳

08/3/3

又，人文社刊《自选集》，丁聪画系早年所作，他又病了，不能再请作画，再版封面拟改动，兄看图象当求何人执笔，能为一筹否？顺便提起，请酌。又及。

又，友人感赞董桥的《今朝风日好》印得漂亮，能给我一本否？

李辉兄：

来示印样皆不佳，印文粗，不能显示刀法之妙。今试拓"来燕榭"一印，仍不理想，但可用。

另附名印人陈巨来刻成后自印之印样，笔法刀工，纤悉可见，信是名家印拓，此二印拓，用后仍请掷还。为要。

　　我意不妨用"黄裳青囊文苑"一印为佳，请酌。

　　即问

双安

黄裳

〇八．三．六

李辉兄：

　　久不得消息，前于报上知兄在广州，不知已回京否？

　　颇欲知《劫余古艳》消息，乞抽暇告以数字为盼。

　　匆祝

俪福

黄裳

08/4/19

李辉兄：

　　快递《劫余古艳》两部收到，请释念。此书之豪华，实出意料，惊喜之余，更念兄及从事诸公费心力如许，为不安也。

　　然亦有憾者，书中有九种，仅有跋文说明，而缺原书之影：《杨升庵诗》《绿雪亭杂言》《范运吉传》《禅悦内外合集》《拙政园诗余》《钱梦庐校汲古阁目》《沽上醉里谣》《裘杼楼书目》《湘弦别谱》。此外，《兰雪集》有两种，鄙跋位置失次。

　　以上九种书，无原书之影，则"说明"中所论失其标的，读者不解，不知何以失之，两盒光盘中竟无之耶？然此书用线装式，不无补救之方。然我应有自知之明，平生印书尚无此种豪华装者，阁下倡导于前，操办于后，终底于成，我应知足，不宜多所追求，只将初阅结果，供参考而已。

匆祝

撰安

黄裳上

〇八．四．廿三

李辉兄：

《劫余古艳》，在京拟赠喜旧本书者六人，均乞代投，无法签署，只得各写一签条，贴于书前而已。

乞应例赠之书，除合同所订外，拟更买五册，由版税中照作者购书折扣扣除。麻烦之至，多谢。

黄裳

08/5/1

姜德明（人民日报）

荆时光（光明日报）

燕祥

苗子

永玉

韦力

李辉兄：

5 月 8 日信早到，因事忙迟复，乞亮之。

此书见者无不称美，众口一词，所说缺失，是我的感觉，别人不知也。此书定价公道，并不高，比北京文物、紫禁城之天价，诚为物美价廉，如能再印，补上几幅图版就是。《武林旧事》系照相机拍，不理想，如再印，当图重为扫描。又《兰雪集》一书重要，《藏书报》为此书发了许多考订，所据皆清刻，不知原刻尚在也（所缺末页图当补上）。此外，《杨升庵诗》……亦应补，姑先记下，以待将来。总之，此书之成，兄之劳苦功高，最值感谢，已于题词中少述鄙意，兄等当可谅知也。

又，书帐，我应再得八本，无误。

上次匆匆忘记两人，一、周汝昌，二、董桥，只好再劳大驾补寄两本，由我再自购两本，书价扣除，或由我寄上，请示，遵办。董桥与应红有联系，地址不另开，汝昌址兄亦有之，不另。

寄香港书重，价必昂，请告，当补奉。又及

匆祝

俪安

黄裳

08.5.18

我仍得八册书，想不错。

李辉兄：

信收到，补寄两签条。兄言甚是，不可偷懒不做。

大象寄来原书两包，尚未开封，有附件一纸，购书价折扣后为 2660 元。"备注"说"送货上门。社里还有 3 本，等带回去一起发书，周五一定发货"，抄供参考，我也弄不清楚。大象工作十分地道，我是信赖的。

来访者连日多起，见书惊叹，以为出版界无上佳品，没有听到任何批评意见，其中小缺点，如非内行细看是说不出的。已得德明、韦力、荆时光三位见书后见告之信。韦力是"藏书家"，经常赠书给我，并多次寄拍卖行图录来，因此谢之。可能他是内行，他也满口称赞，无异辞，也许是客气。

匆复，即叩

双安

黄裳

08/6/2

《书城》尊作已读，把我的题词、"前编者""敬观"云云也写入了。如何如何！

李辉兄：

信收到，假古董得高度赞誉，不虞之誉，谢谢。九十寿本不在意中，不料瞬间即已活到如此年纪，非始料可及也。此间少好事如兄者，故不会有什么举动，我但愿其如此，免此一劫，一笑。

《古艳》在拍卖行中独占鳌头，也许少有宣传之效，免使大象赔本，幸甚。

《一个平凡的故事》的广告，不记得谁作，也许是我。译稿用毛笔荣宝斋稿纸，一大叠，被巴金连同他的译稿一起送给北京图书馆，也许早被处理了也说不定。

孝辉先生：手字敬悉。远游归来又要投入文稿

故出版工作，甚为挂念，亦惆怅也。可观的向您出版

石恒图版说如收入预定之文，亦在牛、再待宁出版後

几年再说，即编一书，难为题，造此论语，甚无可艳

出版之後，请大家欣赏。诸事专托，我无放心，还有

一件是初版时我有寄赠那二十本無光铜板延年一套

不难之列，此书别去书之，亦古者，不多送人，尚以有据。

又尹哥随手写了一个字，用此是硬笔，附上请

每笺印请

看一下，此用否？

岂尘 〇七·九·三

双生

李辉兄：来示、印样皆不佳，印文糊，不鲜
题示为法之妙。今试拓"毒草堆"一印，仍望志
但可用。另附各印人陆丙来刻成后自可々之
印样，笔传刀工，纤毫可见，信是名家印拓
此二印，用後仍请掷回。多要。

戏意不妨用"黄裳青囊文苑"一印为佳。
清酌，不一

黄裳 〇八、二、六

23岁

李辉兄：惠寄"故宫古艳"西书收到。请

释念。此书之豪华、实非意料着者之妹　更念

兄及仝事诸位费心力为之，与不可没也。

弟亦有愧者，去年方排种，仅有题及说明，而无善之新：

杨升庵诗、琼花亭诗、先运吉侍、禅悦肉及念善、揽旧园诗棋、

钱梦庐拨淀右闲目、法之醉里谤、妻婿楼去目、湘韶别谱

此外，蓝雪善淀而利、郁鉴位置失次。

以之九种云，无善金之辨，则"说明"中的论失其捕树，诸君不须

不免何以失之，而金些些此中意气之邪？少头之制线装云，不

无捕救之方。　然我亲前自知之明，平生许多岁月此我豪举芸者，

阁下倡学彩刻，援素于终衣棋枚成之念，知是不为奇可追求，以将初

阁侠眾，供多考而已。　毋祝

撰安

梦蝶堂上　〇八·四·廿三·

撰安

李辉兄：

　　顷悉，寄赠天过小世同，去苏断汇……吃了一顿，约了……等数人同饮。……吾师巳，我专笨，诸……论，只附拍坐听，竟未能参一二也。

　　天太热，诸公……，竟无一册好书，致李颐甚惬，尤佳，……论大凡也。　……相识，因与老是论辩未引，去不快。此……作忘记笔去多或有别外件若干……也。

　　罡生……画像请代致谢意，……钧不付还，请转交。

　　……得区寄件，对我的"……"更加批评，否则或将一……写之。

　　　　匆祝

　　　　　　僧安

（左侧竖写）为……各收到，当写豈一册。我久敢本，不敢距人，……若干你留者去者孤。

　　　　　　黄裳 08/7/27

《给巴金》收到，上海也给了我两册，共有三本矣。施蛰存的一本无之，盼得一册。

所购两册书款，可由版税中扣除，免得时时记在心上，成一负担。又稿费何时可得？

匆祝

俪福

黄裳

08/6/26

李辉兄：

适得大象来信，始知他们的规矩，不寄稿费单给作者，稿费早已寄出。我又不看银行存折，一查，果然早寄到了。可笑。便中请向大象说一声，并致意。

兄代为购书两部，费用1060元今随函附上，请查收，以免日久忘记，我对银钱数目最不善记。

近得此次义拍的发起人励俊自京来信，谈起拍卖种种，颇有趣，最高价竟是影印本《前尘……》，而我只得报酬八千元，又赠书若干部耳。拟赠燕祥一本，不知其有兴趣否？又他曾开大刀，不知何病，颇念念。请顺便告我。

永玉的反应，有些言过其实，其实他才是散文大家。

匆祝

俪安

黄裳

08/7/9

李辉兄：

　　信悉。前几天过小生日，在苏浙汇吃了一顿，约陆灏、子善等熟人同饮，应景而已。我耳聋，诸公高论，只能枯坐听之，实未能知一二也。

　　天大热，读蛰存书笺，实为一册好书，致李欧梵信尤佳，如一篇西方文论大凡也。古剑相识，因与柯灵论辩事引起不快，此公藏作家书笺甚多，或有秘件，未可知也。

　　罗先生为画像请代致谢意，题了几句，附还，请转交。

　　燕祥近来信，对我的"假古董"未加指斥，有暇或将一函寄之。

　　匆祝

俪安

　　　　　　　　　　　　　　　　　　　　黄裳

　　　　　　　　　　　　　　　　　　　　08/7/27

　　《爱黄裳》何以尚未到，我有几本，不欲题人，如未收到，当寄呈一册。

李辉兄：

　　久不得信，于报上偶见近作，知返里为令弟事奔走，为之不安，不知已返京否？近于《书城》上读长文，皆有趣且有益之史料也。

　　苗子近状如何？患何病而开刀，已无大恙否？希抽暇见告。

　　《古艳》一书缺印数等书影，有一想法，光盘仍在尊处，可否各印数页，页数作"又XX"可附于原书相当页后，可补全也，古书多有此例，皆重校增补所致，请酌酌。

匆祝

双安

黄裳

08.9.29

此书销路如何，亦希便告。

李辉兄：

今天读《东方早报》尊作，十分同意。新出杨书实不佳，我只欣赏钱默存而不喜杨季康，这是另一种典型。

此外，还想要一本施蛰存的海外书简，请惠赐。有什么好看的书，也请顺便惠赐，谢谢。

此请

双安

黄裳

08/11/22

杨书首印十五万册，可见三联情急想啃一口之状，亦可笑。

李辉兄：

昨上一信，要一本施蛰存书，今天理书，见兄早已寄我且已读过了。健忘如此，可恼，并向兄致歉。

无别事，即问

刻安

黄裳

2008/11/26

李辉兄：

寄来的两本书和大作长序都收到了，谢谢。

长文草草读过一遍，说不出什么意见，只是对"纪实文学"的提出而确定，十分同意。因而想起八十年代曾与叶圣老通讯，谈到过此一问题，叶老对当时诸种"XX文学"杂然并出之现象深表不满。在我的集子中曾有记录（《故人书简》……）一时不及查找，兄如能检得或可拓开思路。

关于我自己的《关于美国兵》，重印时曾想起，或为"报告文学"的史前物，可惜出现时机不佳，无人注意，甚可惜耳。听说此书在美国媒体中曾得注意（不详，未见文本）耳。但我已收入《少作五种》中，即将在三联印出，或可少弥此憾。

选本篇目未见，不知取舍态度如何，你提出"他者重构"一节实为卓见，我自己阅读范围狭窄，对此实无资格置一词，但对选材方面实为关键要点，兄之泛览广泛，识见卓特，必能不存偏见，公平处理，为可慰耳。

文字中有些处有空疏之感，读此不易理解。只是少许直感，望能在定稿时更加润释耳。

开始时删去之一段，弃之可惜，且文气不顺，何妨以空灵笔墨以三言两语交待之，为盼。

兄以此文见示，可谓问道于盲，聊书读后感如上，请恕其童言无忌。

日记未碰，拣选重抄……皆非近来所能做，如何如何。

匆此，即问

撰安

黄裳

08/12/3

李辉兄：

　　得 15 日信，见补上关于徐迟一节修改稿，接受我的谬说，不胜欣幸。

　　你说了些过情的话，其实我们这一代人都没有什么"学问"，只是用"随便翻翻"的方式补充知识，视前辈远矣。近写长文，论汪曾祺，说及此事。

　　关于永玉的信，你想整理后在《收获》上发表，我无意见，不知永玉以为如何？《收获》是否同意，殊未可必，她们是以"卖"余秋雨大师起家的。巴老病后我即与此杂志没有什么往来了。

　　我还有几封黄永玉信，如需，可寄上。

　　汪致从文长信，如可能，望能一读。

　　匆祝

冬安

　　　　　　　　　　　　　　　　　　　　黄裳

　　　　　　　　　　　　　　　　　　　08/12/20

李辉兄：

　　永玉信整理件收到，甚妙。读之如在南柯梦中。（近大演《临川四梦》，遂联想及此。）

　　我处尚有永玉信四通，今寄上，可补入也。又有曾发表过的一封，颇重要，因涉及汪曾祺。全文在我的《海上乱弹》中，宜收入。

燕祥宴杨苡，想必热闹，因此人能说，席上必不寂寞。宪翁手术后情况如何，在念中。

匆祝

双安

黄裳

08/12/23

2009 年

李辉兄：

　　信悉，曾祺长文得拜读，甚感。

　　此文可见两人交情，回想当年他们出入相偕，猩猩相惜之状如在目前，无怪永玉不愿人见之也。我那篇文章长七千余字。为近来少有慷慨淋漓之作，为陆灏所见，将刊于《东方日报》书评周刊，本拟与《读书》同发，恐动作迟缓耳。永玉给我的信，可如兄前议，给《收获》一试，我不过说些零感耳。《书城》自是欢迎也。

　　匆匆，祝
双安，并叩节禧

黄裳

〇九 . 一 . 二

李辉兄：

　　信悉。

　　《也说汪曾祺》文，剪报一份寄上，请读后告以意见，有何不妥之处……。

　　编小集事，题目不少但都凑不满五六万字，奈何。容想想看。

　　揭穿文怀沙，极好。此文坛中无耻之尤者，真百年罕见也之丑事也。

三联出了两本书，已见否？大批精本（？）未到，请少候。

过年颇"忙"，忙于外出吃"请"也。

匆匆，即问

俪安

黄裳

初二日

（质疑文怀沙一文，提前打印寄奉黄裳先生，他先后回信数封，谈及印象。——李辉注）

李辉兄：

信收悉。

拜读揭文怀沙文，甚快。惟于其好色，以春药媚大人先生等未置一词，是一憾事。此外，关于"私淑"一词，从来颇多歧义，未见面，或年辈相隔甚远，甚至易代之后，有人也如此用。尊作不妨少作修饰，以免被其反噬也。

永玉信如发《收获》，自是好事，我不想写什么了。小林是老朋友，大约当她一或二岁时，即已相熟了。

关于大象编小集事，陆灏自告奋勇，已为辑得旧作谈书画文得已六万字，又谈《红楼》文亦可成一集，已请其费心代编矣。

匆此，即问

双佳

黄裳

09/2/13

李辉兄：

今天读专访了报 大作，十分同意。引出杨先生实不佳，我与陈是戏 些 若而不喜 杨季康。这是 一 种类型。

此外，还 想要 一 本 把整在 此寄去之同 请 速赐。若们 以 好看去 也 请 顺便 来赐，谢。

此请

又安

莫言
08/11/22

杨先生首印 十三万册，可见 三联 情急 死哈一口气状，亦可笑。

李辉兄：

寄出两封信和文物杂志都收到了，谢谢。

尊集读过一遍，说不出什么意见，只是对"北京之春"的提法颇感兴趣，十分同意。因而思想起，描述当今什么老通讯，提到世事一向那样老对寺时诗料××子空空道生之现象，深感无限。去找此生外曾在此诗（如《芜词……》）一册不及查找，可为的提法找不招开思路。

其取我此心"芳芳同老"，老即时背起己，或者想救学此一生了的，同情出现时机不住，等人没忘芳芳惜再，听说此世去我同婚外弃子没录（不详，未见文本）无，但我已没"少作己件"少，即是生一钱的出我了少致此感。

些年润书见，不知可会志度如何，你也去"此书"册一了空为单足，我记忆阅读荷园狄案那此安全要背是一诗但对这本西空公老健要上少，只人任皆言谈识见等特，必到不在偏处，留久理，为方便耳。

文字诗字些处有空疏之感，语多不足细阅，三七少详直虎，望到也笔杯时连此没辞车

开好时删剪一画，来了惜且之意不顾，任好以空更辛暑以三言两语费去心出您。

尽以此义尺寻，习谓闻道教育，所比说回无感此文请老寺童育无显。

日记主稿拣选宽利，……待近寄可择做又有此讳。

提空学　如此即问

黄裳 08/12/3

李辉兄：信悉，蒙错爱长文译孙读，甚感。

此文可见两人交情，以为当评评仙何出，相惜、拥惜之意无左其异。无怪永无此顾之见，收浏滴径由怀乡不见，作刊术言其功劲似同岁，恕动作区憶，亦必痛又音说，给作莊一诚我不日说此至盛平所感自足藏匠也，匆匆。

顺安 並叩

竹平禮

黄裳○九·一·二

李辉兄：

　　信悉。

　　"……"之，劳你……，诸诚……意见去行不多处……。

　　编书事……他者……備至……写去行。……

　　揭穿之……极好。此久……天……尤……去碑写史了……也。

　　三联……两本去，已吧否？……精本……，诸……。

　　世乱披忙……

　　匆此即问

　　俪安

　　　　　　　　　黄裳

　　　　　　　　　廿二日

李辉兄：

尊作发表于《北京晚报》后，上海《东方早报》今天即时有报道，尤有趣者在文某之助手的说法，今特将剪报寄呈，可资一笑也。

匆祝

近安

黄裳

09/2/20

李辉兄：

久不得信，于惊涛骇浪中甚念兄之近况，得讯快然。文某一案已可定局，此外尚有大案数起，人心惶惶多不欲抓笔，以是发言者少，而暗潮汹涌，情境可想。于此际你们欲作海外之游，是一妙想，望能成行。

永玉在意大利，作局外人，甚善。《收获》俱得读，兄文亦读过，"万荷堂书笺"都付刊甚妙，望不加删削，原汁原味最妙。

章诒和所发两案之外，尚有《小团圆》一案，所谓"批评家"，欲借此发一海外财，竟称之为"巅峰之作"，骇人耳目。不料异说蜂起，人间自有正义。何满子亦于此时去世，其言"狗男女"，虽不免过刻，然系事实，张迷纷起攻之，死人无法对质，亦可惜可痛之事。张爱玲畅言无忌，多揭文人秘事，于柯灵所言尤不客气，《新京报》有短文，借柯文旧作衍为新篇，绝妙，可见人间自有公论也。恰于此间，不佞与朱正老兄于《梅兰芳歌曲集》事有所争论，幸而杂于诸大案间不为人所注目，亦幸事也。朱兄本相识，亦钦其鲁迅研究之功力，但渠实不善为论辩之文，所说多可笑而有趣，令人不能缄默，遂有往复论辩，其实我对其功力不无可惜，研究方法亦过于偏于细微之处，于大问题不加注意，甚可惜也。当尊兄嘱，今后少做此种无谓之争论。谢谢。

诸案近来新□发展必多，有暇望通函相示，盼盼。

匆此，即问

刻安

黄裳

09/3/29

又陆灏为弟编一二小集，云曾以日前奉寄，不知收到否？此计划仍进行否？我则兴趣不大也，又及。

李辉兄：

得快递，寄来在穗讲演汇录，即拜读一过。所论撰写历史钩沉诸节均皆来自多年经验，自是同意。自章诒和两文发后读之震撼，章女士能写文章，且擅煽情，影响甚钜，《南周》虽发两文补论，似无转圜之意，亦只能如尊论，待档案深度解密之后，方得进一步了解也。苗子近况如何？虽有反驳之文（两见）似皆不能解决问题也。

三联新书精装本装订迟迟，日前始寄到，六大包书，重量可观，尚未分寄，希少待。

我最近又与朱正兄有所争执，但为苗子、亦代事所掩，议论不多，亦夫始不是好事。论争诸文不知兄见之否？观感如何？

甚望见教也。

　　匆复，即问

双安

黄裳

09/4/17

李辉兄：

　　近见《文学报》及《东方早报》有两文与兄商榷，读之惊异。

　　"文案"本以为铁案已定，不料又出波澜，易中天文尤恶劣，揭批文怀沙使彼有"物伤其类"之感，遂写此不足一驳之狗屁文章。弟以为兄应痛加驳斥，以彰公道，不可默尔而听之。此与章诒和所揭两文为截然两事也。

　　颇念，有暇望以数言见告，以释鄙怀，为幸。

　　匆祝

双安

黄裳

09/6/11

李辉兄：

　　得快递，知已快游归来，读纪游文知游兴之浓，令人健羡。前见易中天文，甚不快，遂致书阁下，此事当如尊论，大局已定，不必再折腾矣。小林日前见过，并赐龙井，我处几成茶叶店矣。又以巴金研究会顾问大红证书见赐，当珍藏之。永玉信系选刊，许多见性情之作不见了，可惜。小林来之前日，我的小文刚发表，不知已见否？大胆说话，不点名地涉及某些文坛霸主，估计必有反响，如有所闻望见告。《封面中国》将涉及陈立夫等，颇有兴趣，专候拜读。近来怪事甚多，广州来一信，附来在网上骂我之文，云为《梅兰芳歌曲集》拍卖事，我得好处费五千元，信中敦请我上法院告之，可笑甚矣。将于《文存》续篇写一后记详记之，再谈。

　　即请

双安

　　　　　　　　　　　　　　　　黄裳顿首

　　　　　　　　　　　　　　　　〇九.七.廿四

李辉兄：

　　来信收到，附文也收到，永玉一文已在《书城》上读过了。

　　说到与朱正争论事，甚出意外，后来离题愈远，朱兄人是好人，但近来颇有霸气，如视《夜光杯》如无物之小刊物，发言有命令气，而无条理，甚可笑，遂越扯越远了。其以鲁迅研究名世，而我发现其所论处与迅翁背道而驰，遂使其无话可说，争论也就终止了。

　　舒芜去矣，我曾与之同游岭南（《羊城晚报》所约），一直对我接近，后我写信劝他不再就胡风问题纠缠下去，遂少知闻，然仍作文对我吹捧。笔会编者与舒公有知遇之感，倚为臂助，连发数悼念文，而《博览群书》近有一文，谈舒公之反胡风，早有表现，投机显然无法推诿，颇有力，而绀弩赏之，朱正亦原谅之，不可解也。

　　永玉被批判事，我当时在南京，无大印象，批钱者王元化，后亦避而不谈，元化如在，闻之当知作者何人，何满子亦作古，耿庸亦先逝，遂不能打听当时委曲矣。姜德明藏书不弃小杂志零本，遂得大用。可佩。绿原又走了。胡风一案，存者寥寥，考证为难，新文学史之难写，如此！

　　匆复，即请

双安

黄裳

09/10/4

李辉兄：

　　奉快递，并大文数则，知兄又在为弟"争座位"矣，不胜感谢。浊世浮名，皆是细事，惟能得赏音如兄者在，私以为慰耳。

　　忆宪老文甚佳，连日所见纪念文无一可比。近青岛出版社出书四种，我亦有一本，宪公亦其一，幸公于弥留时得见之，是为大幸。此四种为董宁文所编选，出版迟迟，尚未寄陈，乞少待。

　　于《书城》中又读尊作，仍说及文怀沙问题，近来颇有为之辩护者，皆"文坛牛二"也，我亦不免此辈之攻击，如陈福康者近于《新文学史料》中一文是。可笑甚矣，容缓缓为一文，掀其底牌，亦一快事。

　　近有一长文，以外行人说外行话，不值识者一笑。

　　近忽想起，《集外文钞》《劫余古艳》二书，不知钞去多少，暇请见示。前些时因体检时被医院留下，住了七天，无大事，又耳聋日甚，则甚以为苦，诸希释念。

　　不一，即祝

双安

　　　　　　　　　　　　　　　　　　　　　　黄裳

　　　　　　　　　　　　　　　　　　　　　　09/12/7

2010 年

李辉兄：

读报，见有《刘节日记》系大象出版，想是兄所主编者，不知能以一册见赐否？本拟托兄代购，似不合适，因写此信。

接连在《南都》《书城》等处，见新作不少，想近来文兴甚旺，为之快慰。

匆祝

双安

黄裳

10/1/4

李辉兄：

得寄赐新书一包，谢谢。真是"问一得十"，无任感谢。

知有小丛书之创造，甚有新鲜感。近来多家出版社争出新的小丛书，即中华亦不免，然作者不齐，质量未佳，网上多有违言，尊辑小书中以《漫话梅兰芳》取名妙甚，惜移步换形一案无文献可征，失去一重要细节为可惜耳。

匆此复谢，即请

俪安

京中春寒，不知起居平善否，念念。

黄裳

10/1/13

李辉兄：

刚写一信，今天才有时间读《书城》上你写杨宪益的长文，写得好！是你写"老头儿"中特别的一篇，我很高兴，你能写，还能一步步大步向前。

杨宪益最大的惊人的壮举，多篇纪念文都不敢碰，你却能"轻而易举"（此语不确，你是花了大气力的），说明白了。读者心里有数。

杨宪益悼乃迭的诗是名作，是真性情之作，完全摆脱了"打油"气息，是真正的"唐音"。你两次重点介绍出来了。

后面引杨静如信，她说不大写信，不确。她最喜欢写长信，像聊天一样。她把我给她的信保存下来了，还捐给了上图。你印的我那本书简，几乎全收了。可是比起她给我的信，相去不可以道里计。我还保存了一大堆（有损失），可能时不妨给她印一下。

写了许多，后台喝彩，好在不发表，不要紧。

祝

双好

黄裳

10.1.16

李辉兄：

得快递寄来《传奇黄永玉》，惊喜。

先是遍看丰美的插图，得到很大的愉乐，尤其是你处处不忘我与传主的关系，尽量在有关处插图，此番用心，我是理解

李辉兄：

来信收到，附件也收到。我有一文已交《收获》之上谈过了。

说到与朱正争论事，甚出意外，以来论题甚是思想，朱兄人是好人，但近来颇有霸气，每视"后生"如无物之小刊物，发言有命令气，而无条理，甚可笑，遂越扯越远了。其以鲁迅研究名世，而我发现其可议处正与背道而驰，遂使其无话可说，事后也就终止了。

舒芜来往，我与之同游鉴赏（年代晚期所约）一直对我接近，但我守住了劝他不再就胡风问题纠缠下去，遂少知闻，然仍作文对我吹捧，是否偏与舒公有些过了些，传为笑柄。连生来悼念文，而"拂尘笔记"这有一文，说舒公反胡风，并有表现，拨乱反正，引起一番议论，颇有力。而林贤治学者，朱正亦有议论，不可细也。

我和舒芜相识，我当时在上海，是大公报，和钱君匋、王元化，以前就认识而不谈，元化为长，自己当知作为何人，何况子有作古，秋扇亦先逝，遂不能再听当时情曲矣。盖从现今看上不离小圈子里乐，遂得大用。可悲。结果又来了一个胡风一案，存在第二，若论为难，新文学史之难写，如此！

匆复即请

双安

黄裳 09/10/4

李辉兄：

　　得奉□□□□一包，谢。□□"内一约"，

无任感谢。

　　□□小□□□创造，□□□□□□

来□□生期□□□□小□□即□□□□不

免□行□不□□□□□□□□□□

□□□中以"□□梅□□"取名□。□

□□□□□刊一□□□□□□□□

一□□□□□□□□。

　　□□□谢，即请

　　俪安

　　□□□□　□□□□□□□

　　　　　　　　　黄裳　10/1/13

李辉兄：昨天出版社送来一套「三十年集」，我先找出你的一本，读了关於周扬的一篇，失望。是盼望能读到你以「周扬传」的使忆的收集到则有关扬的访问材料，加以分类、分析。我而「长编」所提材料也的。你写你向我谈出版，送李乙的创意不在个人遭不幸时，有心人没有收下。

匆祝

秋安

黄裳 书

一○、九、一、

李辉兄：

　　承赐"秋千"一册，深快读。谢
　　谢学生写作讨了玉老一文连此书
　　托，点惊喜我当要仔细所一半更等
　　秋补读。此书仍在记忆中，不知诸
　　诗词记已象成"秋千一册也。

　　今天启来，此生仍有丢久有去仍住。
　　关机开插不去不谈言多突料也。
　　身虽此还一福楚妙，可惜仍活着
　　追向引意。用杨说刚错了两次，
　　另一个是谁？候吧告。

　　中秋将近，之情仍起，风雨萧句，
　　清少不辉漠。草此並叩

　　"节禧！

　　　　　　　　　　　　黄裳
　　　　　　　　　　　　10/9/12

并感谢的。

其次是阅读与我有关的文字，分寸恰好，本来三人之中，我与曾祺交往较浅，但好的是我两人虽分居两地，但友谊一直保存如初遇时，在所引永玉旧信中所说表现得正好，谢谢。

这是上部，以黑画事件作结，这固然是"大事"，但用以压卷，分量不够，甚盼下卷继此而出也。

我仍在写作消闲，平居安适，三联最近作风种种，殊难令人满意。我的《文存》二集，存稿已多，不想再给他们了。此集中打架文章较多，我要写一篇后记，叙述年来所遇"怪事"。（有人三四次来信，内容全同，邀我将他告上法庭，后附其所写原文，要点是我受拍卖行五千元好处……）如此等等，可见"后记"一斑，不知你能否为找一出版处，这些内容，或有"卖点"，望予以留意为幸。

匆此，即请

双安

黄裳

10.7.20

李辉兄：

昨天出版社送来一套《三十年集》，我先找出你的一本，读了关于周扬的一篇，我还是盼望能读到你的《周扬传》，即使是你收集到的有关周扬的访问材料，能加以分类、分析，成为"长编"那样的东西也好。

祝贺你的新书出版，这套书的创意不坏，但人选不甚理想，有的人没有收入。

匆祝

秋安

黄裳顿

10.9.1

李辉兄：

承赐《秋千》一书，得快读，谢谢。

记得当年你访张光年文发表于某报，只得其半，我曾要你复印另一半寄我补读，此事仍在记忆中，不知诸访问记已汇成《秋千》一册也。

今天看来，此书仍有长久存在价值。关于周扬不可不读之参考资料也。林默涵一篇甚妙，可惜你没有追问到底，周扬说用错了两个人，另一个是谁？便中乞告。

中秋将近，上海仍热，风雨兼旬，得少风凉。

草此，并叩

节禧

黄裳

10/9/12

李辉兄：

我在中华书局重印了《来燕榭书跋》（上海古籍出版社原印本），需要几张插图，拟在《劫余古艳》中选用。中华书局来信，说，据书翻拍，不易得好效果，希望借原有的光盘一用。望予协助，将光盘借中华一用。中华方面联系人是李世文，该书拟年内即出，时间颇紧，望予协助为盼。

匆此，盼复。即请

双安

黄裳

10/9/23

李辉兄：

接快递，得读与贺君谈话纪录，此为未刊稿，虽多少说了一些，但未畅所欲言，然可少知一二，甚快事也。

中华的责任编辑名李世文，前兄电话中告以手机号码，已即函告李君，不知已与兄联系否？此次中华将刊弟所作古籍书话，除上古所印《来燕榭书跋》外，有未刊稿多种，分两册，今年拟出第一册。《书跋》中有多种可由《劫余古艳》中选用插图，因从书中翻拍，效果不好，故有借《古艳》光盘之请也。

大象能不惜功本，以豪华装印行拙作，皆出兄之推挽，感何可言。忆当时交稿本用书影照片，后因出版社之请，始以光盘奉寄，此光盘为鄙藏书跋之重要档案，后因《古艳》一书下册漏收书影多种，曾向兄提起，欲请寄回光盘，为他日补救之计，未蒙俞允，想系大象欲将此光盘留为社藏，使我感到为难，《古艳》中所收跋文，均按兄意不收入他书，惟此光盘所有书影，颇有不易得者，作为"档案"仍以自存为是，此意盼与大象说明，此番中华所用亦以光盘为好，因图版质量所系，翻拍总不理想也。李世文不知已与兄联系否？念念。为中华新书印制较为理想，兄为不吝助力也。

　　匆匆，即请

双安

黄裳

10/10/14

2011 年

李辉兄：

春节中得远道来电贺岁，弟因耳聋未能接听，憾甚。近来时于报刊得读新作，知仍执笔不辍，为慰。读曹禺故事，深感如见其人，曹禺来沪，我尝见之于巴老医院病房，得畅闻他们谈笑，惜未能记录成文，兄能以一二印象，撰为长文，感佩之至。

阅报知北京昨日始得初雪，大喜事也。上海曾有小雪天不甚寒，一切如常。

匆此，敬叩

令夫妇新春万事如意

黄裳

11/2/10

李辉兄：

得快递长信及新著，我一气读完，甚感兴趣。此种个人亲历而为大众所不了解之人物事迹，不宜不应使之沉入海底也。文中夹入萧乾事少多，似离题少远也。

我仍在改《文存》后记，与此辈纠缠，头绪孔多，调整不易，麻烦极矣。

前两天有不相识之读者二人来访，已不年轻，签名外又出一纸复印件见示，为兄所撰《黄宗英的文学转身》，似刊于贵报者，中涉及我的笔名问题，有两说，俱不实。

近翻旧藏周作人书，皆"八一三"后我来上海后所买，皆有自书题记及"黄裳"朱文印，时我就读于上海中学，宗江兄妹尚未来沪，可证笔名之用甚早，流传之两种说法俱不信也。

琐事奉告，聊当闲谈。

匆祝

俪安

黄裳
11/2/25

李辉兄：

巴金传和信，早已收到，因忙，及懒，又听说你将来沪，遂未即复，憾憾。

永玉连走故乡数处，连捐八桥，故人闻之，亦为神旺。上次小林他们来访，还问我看不看永玉的长篇，老实说，每次都看了他的插图，文字则等一起来读，连载亦有利有弊也。

小林他们要我给《收获》投稿，以便赏高稿酬，已写一篇，不知他们以为如何，因念，连孙郁都连发数文，则可不及，过于谦退也。呵呵！

匆匆，祝

双好

黄裳
2011/7/2

李辉兄：

赐信及文章读过，今天又读了《收获》四期的新作，感到丰满、过瘾，而前者写作协会则不过瘾，因为我参加过此会，有些印象，当然对内部矛盾斗争，还是一点都不清楚，深望在大文中得到解答，此所以有不过瘾之感也。

前次小林他们见访，谈起《收获》提高稿费事，就说"你也来凑热闹吧"，这样就写了一篇书跋，今天看到了清样，俞平伯手跋的插图没有用，不知何故。岂拍照不佳乎？

又一事，兄为大象所编之书，颇多佳作，而只一版而止，可惜。我那本书简集早已卖完，颇有人问我要，此书我自己也较满意，深以卖完不得添印为憾，那怕印得少一些。

随便闲谈，即问

刻安

黄裳

2011/7/23

No.

李辉同志：

　　接快邮，得读与贺君访谈纪录，此书刊稿，差多少印一些，但书略可致意，上方少之一二，甚快事也。

　　中华以责任编辑名寄世之，并无电话中告以手机号码，已即函告寄君，不知已与之通否？此次中华将刊尺牍作七种之议，除之书画印（无相关处）外，书画将分各种。无两批，今年先出第一册，此发咐中专科古印陶家专题如选同一种国，因以古中翻印相，效果不佳，故将借此七种之发端之端也。

　　未竟其不能功率，少寄华尚可勿轻作，先生兄弟之情，此书可……（以下字迹难辨）

……

每之顷请

黄裳 10/10/14

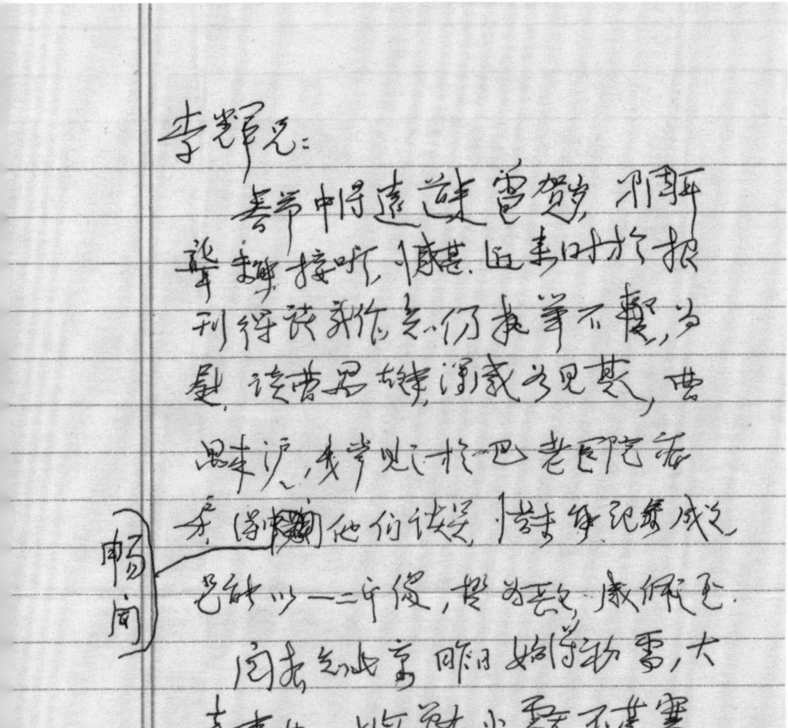

李辉兄：

　　春节中得远兄电贺，�'[...]
[...]接听，[...]。近事[...]报
刊得获[...]，[...]等不[...]为
[...]。读者[...]或见[...]，世
[...]，[...]此'[...]巴老[...]在
[...]他们'[...]，[...]纪念成之
[...]，[...]。[...]。
　　[...]此'[...]明日[...]新雪，大
喜事也。[...]小歌不避寒
一切[...]，[...]

令夫妇身体力[...]为[...]！

芝堂
11/2/10

李辉兄：

　　得你近信及剪报，读一气读完，甚感快慰。此种个人观为而为大众所可切知之人物事迹，不宜不为使之流布讨论也。文中更入乾嘉考据，似更过为琐屑也。

　　我的文改正在修记，与此辈纠缠，头绪孔多，颇觉不易完成也。

　　前两天有不相识之读者三人，已来访（来访），惹来麻烦不一而足，非件甚为，出无可接心此宜奏结之学种种，似到此即收束，中涉又我心罪名向处，前两说此不宜。

　　近闻的旧藏府你人之，书"一三"代付特上海代购，此书此老记又"供奉"来之，时我事起来托之临写，家记先将冯等奉还，可记署名之用意，晚付之两种说行代为了后也。

　　珍重幸期所喜多读。

　　　　匆祝

　　　　　　　　　　　　　　　黄裳 川.廿五

李辉兄：

　　照片及文章读过，今又读了"收获"四期大作，成则丰富、过瘾，而前者写作结会则不过瘾，因为我等如此只会有些印象，真正对收新知甚寡，还是一些都不懂怎不易望去一次么悟到的苦，此所以大为过瘾之感也。

　　前次小批他们见访，谈起收获投书稿事，认得"你也真够处开心，这样死写了一而生恐，今又看到精神，喻平伯那发心折国虹首见，确以为妙。堂物以不佳乎？

　　又一事 兄必大家可编选，你尝佳作，而另一堆却此，方块，我们本学福集早已委笔，顾书人问我实，此之我能也难明实意很少会完不肯除什么感，那情即淡多一些。

　　随便闲谈，即问

　　　　　　　　郭书

　　　　　　　　　　　　黄裳
　　　　　　　　　　　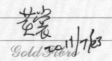

李辉藏黄裳手稿释文

谈"山人气"

　　浙江文艺出版社新刊《钱锺书散文》是一本收罗丰富的汇编本。它将钱先生过去所写的散文几乎收罗净尽了。钱先生过去是一直反对旁人"发掘"他的"少作"的，现在却一反旧说，汇集了这一本散文，使爱读他的文字的读者得以一窥全豹，是值得感谢的。

　　《散文》收有 1932 年发表于《新月月刊》的《中国新文学的源流》，是批评介绍周作人同名的一册讲演纪录，他称此书为"一本小而可贵的书"，文末有一段是：

　　"但是看了附于书后的《近代散文抄》目录之后，又忍不住要说一句话。周先生提出了许多文学上的流星，但有一座小星似乎没有能'swim into his ken'，这个人便是张大复……他的《梅花草堂集》（我所见过者为文明书局《笔记小说大观》本）我认为可与张宗子的《梦忆》平分'集公安、竟陵二派大成'之荣誉，虽然他们的风味是完全不相同。"

　　钱先生这篇书评好像不曾引起什么反响。但周作人确是写过文章表示了不同意见的，这就是收入《风雨谈》中的"《梅花草堂笔谈》等"。不过没有指明是答钱先生之作而已。周作人在此文对晚明文坛"旁门而非正统的空气"作了进一步的论述，可以看作《中国新文学的源流》一书的补充。

　　周作人先是说明他年青时曾读过张大复的旧刊本，接下去就对《中国文学珍本丛书》提出意见，"目录中有些书我以为可以缓印的，如《西青散记》《华阳散稿》《柳亭诗话》等"。所持的理由也不只是"原书都不大难得"，而是别有原因。他接下去说，翻印晚明文集的流弊是分不清而助长了"假风雅之游行"。三十年代忽地卷起了一阵袁中郎热，周作人也是推波助澜者之一。但他与林语堂、刘大杰辈有绝大不同处，即在反对"假风雅"。他说明他对《梅花草堂笔谈》的看法：

> "他（张大复）的文学思想还是李北地一派，其小品之漂亮者亦是山人气味耳。明末清初的文人有好些都是我所不喜欢的，如王稚登、吴从先、张心来、王丹麓辈，盖因其为山人之流也。……若张大复殆只可奉屈坐王穉登之次，我在数年前偶谈中国新文学的源流，有批评家谓应刊入张君，不佞亦前见《笔谈》残本，凭二十年前的记忆不敢以为是，今复阅全书亦仍如此想。"

这里回答的正是钱文的批评。认为翻印旧书如不加别择，夸多争胜，必将"出现一新鸳鸯蝴蝶派的局面"，是很无聊的事。

这是六十多年前一段文坛论争旧事，从来不曾引起人们的注意。今天的出版界有一种新风气，即是大量印制各种丛书，往往煌煌数十百册，鸳蝴派的作品也以新文学的前驱的理由而大量推出，更不论四库未收书的汇编了。保存文献资料是一事，为读者提供有益读物又是一事，似不可混为一谈，终致陷入无聊而后已。周作人又说：

> "所谓假风雅，即指此类山人派的笔墨，而又是低级者，故谓之假。"

　　这就不能不使人想起时下的散文，确是存在这一类"山人气"的文字。或夸夸其谈，汪洋恣肆；或描眉画眼，搔首弄姿；或涂泽饾饤，眩人目睛。总之，使尽本领都无救其假。"假"也会有人赏识的，如《西青散记》，就为并非没有眼光的谭复堂所激赏。可见喜欢"山人气"也正有人。但蛋糕究竟不能当饭，多吃了难免反胃。陈眉公往矣，人们对"山人"也久违了，但其流风余韵终未歇绝，有机会就会变个花样卷土重来，人们只有深知此种区别，加以别择而已。

一九九八．一．四

多棱镜下的真实

《李辉文集》五卷出版了。这是作者积十年精力所得的成果。捧读之余，深深感到年轻作者的辛勤劳动是如此的辉煌，足使上了年纪的人深感惶愧。不只是因为作者年轻，精力旺盛，更重要的是他的努力追求、锲而不舍的精神。

记得十多年前在北京，听姜德明说，有一位年青的同事，想根据沈从文发表在《国闻周刊》上的《记丁玲》原本，校勘后来单行出版的经国民党审查机关删节的文字。不禁大为叹服，这确是一个好主意，不仅可以复原被毁灭的历史遗痕，更可以看出国民党检查官的心思，是文学史的好材料，运用旧时学者施之于古典经籍的方法于新文学版本研究，更是崭新的创意。这就是他为了写作《沈从文与丁玲》所下的坚实的功夫。有如鲁迅为写《中国小说史略》而先事辑集了《古小说钩沉》一样。

后来，作者的努力更有新的发展。他从故纸堆中走出，眼光落在现仍存世的文坛人物身上，想从他们口中探求历史事实的真相。为了写《是是非非说周扬》，他访问了十来位人士，从不同的侧面审视周扬这个复杂的人物。这是一种好方法。从或敌或友、或亲或疏不同角度不同层面来数说一个人，多少可以较为完整地得到一个立体的印象。

这是一组结结实实的访问纪录，并未渗入多少个人的评论，而真意自见。在雕塑家手下，一座泥塑立体的周扬塑像模型已经树立，需要的是作更为细致的加工，李辉立意写的《周扬传》的雏形已俨然可见了。这是传记作者一贯使用的方法，不过有着区别，李辉不只广泛搜寻纸面上的材料，更为重视的是活人的口碑，是与传主有不同程度过往的人的口头评述。而这些访问者多半已近高龄，有稍纵即逝的危险，因此留下的记录就显得格外珍贵了。

李辉说他曾想为周扬立传，其实也是想写一代人，写一段漫长的历史；描述、解剖周扬，实际是解剖整整一种类型的中国知识分子。这些话说得好。五十年前我组织梅兰芳写他的艺术自传时，也曾树过这样的理想。以梅的特殊地位，经历过那么长的历史时期，接触过极广泛的正面反面历史人物。如果梅的传记写好了，就不只是一本艺术家的史传，而是更广阔的一部政治史、文化史、社会史。历史人物具备这样条件的是不世出的。梅的《舞台生活四十年》自然远未达到理想，只是略具其意。这是一个遗憾。周扬与梅的活动方面不同，特点各异，但也正是一位不世出的人物，同样具备着反映一个时代的条件。这样，我们所期待的《周扬传》也不能不是另外一种风格、样式的传记。

"重写文学史"的呼声已经提出好久了。过去的几部现代文学史都不能使人满意。主编者之一的唐弢就曾痛感丁玲部分不公平、不理想，而改动起来又困难重重。沈从文也是如此。新写的现代文学史尚未出现，也不应要求它过早匆促地出现。有许多问题还有待研究论定，正需要做更全面的钩沉辨析功夫。李辉文集所接触的人物、问题正是关键性的、不能回避的。他的攻坚努力是可贵的，只有攻克了这些堡垒，未来的新文学史才有着手的可能。不知道作者是否有写作文学史的意图，我们是寄希望于此的，作为文集的读后感，我诚挚地提出这样的希望。

一九九八 . 三 . 廿六

画水浒

　　黄永玉的《大画水浒》是一九八八年在香港完成的。最初起意在六十年代。他在后记中说："水浒人物原应在六十年代初以木刻形式完成，因为绣像方式，风格当较细密精致。"此言不虚。近来检视我寄周汝昌兄旧信，于一九六二年三月十九日信中有云："黄永玉拟以十年之功刻水浒图，人物用白描。上次曾以红楼图相询，渠答言太难。但此公创作力极旺盛，可缓缓促成之。总之，千秋绝业必由今日精英完成之，此必然之事也。"

　　永玉对木刻是情有独钟的。他在《自白》中说中："我最喜欢的是文学，第二是雕塑，第三是木刻，第四才是绘画，但前三项爱好全要靠绘画养着，因为它们的稿费太低了。"此话也非虚。一九四六年顷，与永玉在上海相见，曾经手将所刻小如指甲大的木刻头花数十方卖给报馆，所得不过数十元而已。两年后又在香港见面，在他乡下住处看见所刻大长幅木刻，是写欢庆解放的热闹场景的，刻在居停主人大块门板上。气势雄伟，是未之前见的大幅木刻，承他样手揭了一幅相赠，可惜早已失落了。五十年代他还未放下刻刀，每以得意之作必揭以相赠。记得有《肖邦像》和《湘西人物小景》等。可惜都未结集。曾问世者，只为汪曾祺小说《羊舍的夜晚》所作插图和阿诗玛肖像等而已。

说到《水浒》插图，永玉承认陈老莲所作为个中"班头"，他对老莲是极佩服的，将我所藏的一部《宝纶堂集》也要了去。老莲的《水浒叶子》，凡四十幅，起宋江讫徐宁。张宗子《梦忆》曾有记，是老莲二十八岁以前所制，有黄肇初所刻本，清初又曾翻刻。只人物，无点景。这是一种酒牌，上端题"万万贯"字样，人物侧边属题名，又评语，如宋江题"刀笔小吏，尔乃好义"之类，已透露出画家对人物的评判。此意也为永玉所承受，题词意更刻露，这是以杂文入画的创举了。与题评相匹，水彩笔墨也更狂放恣肆，多奇趣。老莲所图仅四十幅，永玉所作多至一百四十二。他推测老莲何以点到即止时说："多年以来总以为此公兴尽搁笔所致，及到自己年来工作，才体会到梁山人物中临时拉来凑数者不少，此辈既带来引据困难，且阻挠创作乐趣，形象性格俱困捕捉，加上章侯作宋代人物，每欲表达汉代风仪，所以不免纵横受阻，这恐怕是其精选梁山人物，摘其主要喜欢者为之的原因。"我想这推测是不错的。张宗子于《梦忆》中记乡下年时庆贺，台阁中有水浒故事，精选其肖似者扮演之，观者惊叹，则是活生生的水浒英雄谱了，估计人物也不过数十人而已。

永玉又自记其创作过程："我作《水浒》不遵循旧例，《水浒》中男女多捣蛋纵酒任性乡民，平日自由天真，自无必要将其往廊庙上拉扯，尽为余当年浪迹江湖时之朋友熟人，街头巷尾，野水荒村，信手拈来，写日常见闻经验，边写边笑，席地坐卧，旁设茶酒，或互通新闻，或指天骂娘，混沌乐陶，不觉困惑矣。"

这是极好的一节创作谈，说明画家面前虽无的真模特，却非捕风捉影，其实还是从真实中来。人物既多，也往往有充数者，如飞天大圣李衮，题曰："上山之前，都有两下，上山之后，平平常常。"可见作画时的无可奈何。可是多选取"小人物"，却都是缺不得的关键人物；如朱贵、王婆都有两幅，宋江两幅，其一却是"杀惜"。还有几乎没有什么故事的，如宋徽宗、蔡京、李师师。宋徽宗在五国城，身上出了从未见过自然不认识的虱子，叹道："朕身上长虫，状如琵琶。"蔡京幅题："元祐党籍，黑名单之祖。"李师师幅题："交朋友，一个是皇上，一个是文化名人，那谁还惹得起呢？"可见这三位虽与水浒关系不大，却都是少不得的，少了他们，就正是缺了典了。但全书不收晁盖，却不可说是缺了点，画家说："为什么不画，不知道。"

《水浒》受到批评最多的是对妇女的态度，如废名所说，这本画册所收，除梁山女将外，有阎婆惜、潘金莲、潘巧云三位。画家说："画阎婆惜，十分美丽，我忽然发现她比潘金莲更有深度。潘金莲不过只是强烈地要求爱情自由的一个委屈的女子，而阎婆惜不单要求自由而且敢于向政治挑战，搞得宋大哥颠三倒四拜伏于她的膝下。"这里所说，不但新鲜，着实警辟。在"杀惜"一幅题道："宋江不能不杀，阎婆惜非死不可，张文远何在？"其实阎婆惜的"向政治挑战"，正是张文远策划的，不是吗？

王矮虎幅画的是宋江答应拣一个停当好的压寨夫人给他，悠然自得之状。下有"自白"曰："老爷子说，'世上没有无缘无故的爱。'他不知道，有了缘故，那还叫爱吗？"这话又岂只王矮虎为然。

作者自白："文化极品，谁也没资格任意臧否，但有权坦白喜爱。因斩钉截铁的武松、林冲、宋江，包括爱惹闲事的石秀这帮跟我情投意合的人物，我喜欢《水浒》。"

　　盖叫天老先生以"江南活武松"饮誉当世，我却更喜欢他的"恶虎村""史文恭"。画册中有金眼彪施恩一幅，画他怀中抱着一坛老酒，题曰"施恩这号人的礼最是受不得"，受了施恩的酒礼的就正是武松。这正是武松的弱点。画家对史文恭却有好感，题曰"奇怪的是，宋江为何不赚他上山？"这也正是我所不解的。

二○○二.八.廿六

《壮岁集》跋

　　凡兄有诗草一卷。间尝语余，他日付刊，请为撰一小跋。月前乃以全集清稿见示，草草读一过，掩卷深思，慨然兴感。凡兄为名记者、新诗人，早日有《往日集》，惊才绝艳，流誉人间。而晚岁更得旧体盈轶，琛奇瑰丽，夺人目睛，是固贤者无所不能，然取径虽殊，初怀不异，一字一句，皆于性情中流出，乃能动人，此理固不易也。忆与兄初识，在一九四六年。时皆年少，握手欢然，宛如宿识。杯酒论文，狂言惊座，前尘影事，恍在目前。而三十年来，相见不时。岁在丁酉，遭逢蹉跌，亲知交绝，谈笑无人。乃于此际，得兄远道问存，天末故人，临风怀想，涸辙之鲋，珍此呴沫。尝以定庵赠粤人黄蓉石诗"不是逢人苦誉君，亦狂亦侠亦温文"赠之。窃以此二语可尽兄之丰神心事也。此集中多感事怀人之作，老师宿儒，巾帼奇士，来兄笔下，宛转可怜。而四十年来，时世迁流，民生荣瘁，亦往往于此见之。推为诗史，谊无可辞。固个人亦时代之小沧桑也。是当善校精镌，留赠后人。此意曾于香江重晤时郑重言之，愿兄勿以闲言语视之也。

　　《壮岁集》陈凡百庸著，一九九零年香港何氏至乐楼刊。前有何耀光、钱钟书、饶宗颐三序。

《壮岁集》跋　　　　黄裳

凡兄有诗草一卷。间尝语余，他日付刊，请为撰一小跋。月前乃以全集清稿见示，草草读一过，抚昔况思，慨然兴感。凡兄为名记者、新诗人，早日有《维日集》，惊才绝艳，流誉人间。而晚岁更得旧作盈帙，瑰奇瑰丽，夺人目睛，是固贤者无所不能，搜取逸珠，初怀不异，一字一句，皆从性情中流出，乃能动人，此理固不易也。忆与兄初识，在一九四六年。时皆年少，握手歡然，宛如皆识。杯酒论文，狂言惊座，前尘影事，恍在目前。而三十年来，相见不附。岁在丁酉，遭逢蹉跌，亲知交绝，谈笑无人。乃于此际，得兄远道问存，天末故人，临风怀想，涸辙之鲋，珍此呴沫。尝以定庵赠粤人黄蓉石诗"不是逢人苦誉君，亦狂亦侠亦温文"赠之。窃以此二语可尽兄之半神心事也。此集中多感事怀人之作，老师宿儒，巾帼奇士，来兄笔下，宛转为传。而四十年来，时世遷流，民生艰痒，亦往往于此见之。推为诗史，谊无可辞。固不人亦时代之小沧桑也。是当善校精镌，留贻后人。此意曾枚吾兄重暗吹郑重言之，愿兄勿以间言语视之也。

《壮岁集》，除凡百庸者，一九九零年香港行乃至乐楼刊。前有仔罐光、钱锺书、饶宗颐三序。

《壮岁集》跋

画《水浒》　　　黄裳

No. 1

　　黄永玉的《大画水浒》是一九八八年在香港完成的。最初起意却在六十年代。他在后记中说:"水浒人物原应在六十年代移以木刻形式完成,改用国为绣像方式,风格当较细密精致。"此话不虚。近来检视我室周汝昌兄旧信,于一九六二年三月十九日信中有云:"黄永玉拟以十年之功刻水浒图,人物用白描,上次曾以红楼图相询,缫苦言太难。但此公创作力极旺盛,可催、促成之。总之,千种绝业必由今日精英完成之,此必然之事也。"

　　永玉对木刻是情有独钟的。他在"自白"中说,"我最喜欢的是文学,第二是雕塑,第三是木刻,第四才是绘画,但前三项爱好全要靠绘画来帮着,因此它们如扬是本也了,"此话也非虚。一九四六年顷,与永玉在上海相见,曾经手持所刻小如指甲大的木刻头像寄给报馆,复数十图方所得不过数十元酒已。两年后又在香港见面,在乡巴下眷处看见所刻大长幅木刻,是写欢座钓秋以热闹场景的,刻在厚停三人大块门板上。气势雄伟,是我未之前见的大幅木刻,承他视手揭了一幅相赠,可惜早已失落了。五十年代他还未放下刻刀,每有得意之作必事捐少相赠。记得有肖邦像和湘西人物小景等。可惜都失落尽。曾向世皆,以为汪曾祺小说"峰查的夜晚"可作插图和阿诗玛肖像等而已。

画《水浒》部分

谈"山人气"　　　黄裳

　　浙江文艺出版社新刊《钱锺书散文》，是一本收罗丰富的汇编本。它将钱先生过去所写的散文几乎搜罗净尽了。钱先生一向都是一直反对旁人"发掘他的少作的"，现在都一反旧说，汇集了这一本散文，使要读他的文字的读者得以一窥全豹，是值得感谢的。

　　《散文》中收有1932年发表于《新月》月刊的《中国新文学的源流》，是批评介绍周作人同名的讲校纪录的，他称此书为"一本小而可贵的书"，文末有一段是，

　　"但是看了附在书后的《近代散文钞》目录之后，又忍不住要说一句话。周先生提出了许多文学上的流星，但总有一些小星似乎没有移 'swim into his ken'。这个人便是叶天寥。……他的《梅花草堂笔谈》（我所见四册为文明书局《笔记小说大观》本）我认为可与归宗子的《梦忆》平分秋色，竟陵三派大成之荣誉，虽然他俩的风味是完全不相同。"

　　钱先生这篇书评好像不曾引起什么反响。但周作人是曾经文章表示不同意见的，这就是收入《风雨谈》中的《梅花草堂笔谈》等。不过好有指的是苦钱先生之作而已。周作人在此文中对晚明文坛"旁门而非正统的空气"作了进一步的论述，可以看作《中国新文学的源流》一书的补充。

　　周作人也是说的他年青时曾读过叶天寥之《甲行日注》，

《谈"山人气"》原稿部分

《我们眼中的黄裳》演讲实录

《我们眼中的黄裳》演讲实录

胡小罕：

大家上午好！我们这次纪念黄裳诞辰一百周年名家座谈，是今年北京全国图书订货会组委会安排的专场。今天这个空间不大，但是格调很高，主要是有幸邀请到了与黄裳有直接因缘的三位朋友。

李辉先生就是《黄裳致李辉信札》的编者。还有两位是李辉先生帮忙请来的两位嘉宾：著名藏书家、版本学家韦力先生，著名作家、书评家绿茶先生。对于他们的到来，我们表示热烈欢迎。

为什么要举办这个活动，我想说明一下：一是今年是黄裳先生诞辰一百周年。黄裳先生是中国现当代文学史上著名的散文家、藏书家，他的文字引发了很多人对书的爱好和痴迷，我也是其中之一。我们这次活动是对黄裳先生的缅怀。第二是李辉先生去年把一本非常重要的书，交给我们浙江人民美术出版社出版，我们也很用心地把这本书做了出来，就是这本《黄裳致李辉信札》。我们这场小型的却是很高端、充满书卷之气的对话，相信能为更多的人了解黄裳先生、热爱黄裳先生、热爱书籍、热爱读书，起到一种很好的推动作用。

李辉：

感谢浙江人民美术出版社出版我这本《黄裳致李辉信札》。我和黄裳先生相识于1980年代后期。毕业之后，我去《北京晚报》工作了五年多，后面又到《人民日报》，我是在当时举办的花溪笔会和黄裳先生相识的。此后往来、通信长达20多年。

一般我们都认为黄裳先生是一位藏书家，但其实我更欣赏他的随笔。我写文章谈过，他的随笔是无可替代的，包括他写的那些藏书、题跋、游记等文字都非常精彩。这样的老前辈在做一些不同的事情，第一他编副刊，就是他促成梅兰芳写了回忆录的，后来他跟柯灵因为这个事打起来了，最后巴金出面劝和。他是一位非常熟悉历史的老先生，这书里面有几封信他谈到吴晗，他说他对吴晗是非常尊重的，吴晗的明史研究非常重要，只是后来成为政治人物，酿成了人生悲剧。黄裳晚年，还和朱正、韩石山、止庵等人打笔战，那时候他已经90岁了，写文章还是那么有力量。我觉得阅读这些书信，对我来说是一个非常享受的事情。有了这些书信，这些老先生们过去的很多故事，就能够传下去。

我当年还为大象出版社整理了黄裳的《来燕榭书札》，那里面有黄宗江、周汝昌、杨苡、范用、姜德明的一批信。当然也有我本人的一些信。今年6月15日是黄裳百年诞辰，这些书信的出版，也实现了我将这些我很尊敬的前辈的故事传下去的心愿。

韦力：

先感谢大家在展会期间来听我们仨聊黄裳先生。接着李辉先生的话，我讲两点。第一个是对李辉出的这本书的感慨。我写过李辉的书房，我对他的最大的感慨就是档案整理能力，因为他把所有的东西都进行了归类，使得他编任何书都没有那么多麻烦。我虽然有留东西的习惯，却没有整理的习惯。什么都往书桌旁的纸箱子里扔，什么时候箱子满了，就把箱子封好堆起来，这对整理资料非常不利。如果当初早认识李辉先生，就可以早点向他学习整理。第二个感慨是在于他这本书信中谈到的内容。我的感慨是，黄裳的厉害之处在于跟不同的人谈不同的话。他跟我往来信札所谈的内容完全不涉及李辉书中那些话题，就是完全不同的两个语境。如果我来编一本黄裳来信的话，内容跟这个会大相径庭。

刚刚李辉说到的和柯灵的论战，我听到的版本就不太一样。据说，当年上海的某位人士请柯灵劝说黄裳先生把他在"文革"中被抄走的书捐出来。黄裳没有同意，柯灵觉得很没面子。事实是怎样？不知道。由这个话题也引起了我对黄裳的几个感慨：

第一就是他的先见力和前瞻性。为什么这么说？我们都知道，"文革"中，很多人被抄家，有的人为了不让书损毁，就纷纷主动地把书捐给图书馆。捐了就这样捐了，抄家部分，几十年前那些个落实政策办公室会按照一些路径退回。但是很多书为什么退不回去？就是因为人们不知道哪些书是谁的，该退给谁。

还有一个原因，就是有些人也有他们自己的私心，当然也可以说是他们对图书的"热爱"，很多善本、珍本他们内部掌握，不予退还。但是黄裳不同，他的超人之处在于，他在抄家之前，就让抄家的人在书目上签字了，以证明"货讫两清"，抄家人员可能也没多想，就签了字。"文革"之后被抄的书开始退回，黄裳拿出书单来了，说这些是你们给我抄走的，你们要按照这个名单给我往回退，某馆就傻眼了，因为有证据在，没有办法。黄裳就一直要，一直要到只剩下4种涉及春宫画的不退，当时叫所谓"淫秽物"，除了这4种，其他全退给他了。

老先生的执着我也真是佩服，就这4部书，他还在继续要，又要了十几年。最后把领导要烦了，都退给了他。他是我所知道的全部拿回当年被抄书籍的唯一一人。我的感慨是什么，就是他怎么会预知，有一天形势会变？这个先见之明是很少有的。这个问题，我曾经问过他，他也没有正面回答。老先生不善言谈，很木讷，一般你问一句，他才答一句。不问的时候他就坐着。我觉得见老先生一面不容易，我不是来这枯坐来了。那怎么办？我就想办法逗逗他。

老先生的第一个特点是什么呢？就是记忆力特强。我每次去他家，他拿出来的书都在20部上下，每一次看的都不重复。去他家看书的人不止我一个，但是每次他都能准确说出，我看的是哪几本书。他是怎么记住这些的？

我经常逗乐他，比如有一次，他给我拿出一部书来，我问这书怎么样，他说这书挺好，这书很稀见，是天一阁的旧藏。我说这不是。他奇怪，问怎么就不是了。我们知道，古书的书根，都是写在书角下，横着，从右往左写。中国的书根，要不就没有，要有的话，百分之九十九都是这样的写法。但只有天一阁的书，是在书脊上从上往下，就是书脊这边冲上，书口朝下。为什么会这样呢？后来研究发现，一般晒书都是左右摊开，但南方潮湿，这样晒书晒不到书根部分，而晒书脊，于是就形成了天一阁独一无二的写书根方式。天一阁还有个特别的地方，就是不盖章。范钦比较怪异，就今天的严格意义来看他不是真正的藏书家，天一阁虽然名气很大，但是范钦藏的书都是当时的通行本，近似于现在的政策汇编、讲话记录、地方方志之类的，统统是没人要的书。他没有真正地藏宋元本，因为在范钦那个年代，他其实离宋元很近，他其实很容易藏到这些书。他藏这些书的特点就是都没有盖章。后来他的书被偷了、散失之后，怎么来认定这是天一阁的书呢？唯一的标志就是看书根书写。而黄裳给我拿出来的书上面没有，而且没有章，我就问他你怎么证明这是天一阁的。其实天一阁的书有几个特点：第一个是用的白棉纸，第二个基本都是原装。我问那个话是故意的，是为了逗乐他。我这一问，他就急了，黄裳说天一阁当年偷书的那个人把书卖给了某个书店，他是从书店里买来的，我说那你这是赃物，人家天一阁已经起诉了，你还买赃物。黄裳说很多人都买过，然后点了几个人的名字。总之，他就愿意说了，他就讲了他们当初几个人怎么买书、怎么分，分了以后他怎么跟施蛰存去抢以及他们私下里怎么闹的别扭等等，他都讲出来了。我就想听他这些个，因为他绝不写进文章里去。其实他是个很有趣的人，但是当你找不到跟他的语境契合点的时候，他就在那儿不说话。所以后来我知道他这个特点之后，当我再去他家的时候，就会事前准备几个问题，几个跟他唱反调的话题。但是这个反调你得说得住他，你要说不住他他就懒得理你。你要说得住他，他就开始解释，当初怎样怎样跟你说上一通，那你就理解他。

还有一个蛮有意思的故事。澹生堂藏书流出来之后，黄裳不断地在市场上购买。澹生堂当年因为是明英烈，家里几乎彻底地被清剿了，主人祁彪佳也跳塘自杀了，家里头等于透彻地失散了。但是家里人把藏书藏在夹墙里头，没想到这么一存便存了两三百年，藏书就这样留下来了。澹生堂主人的后裔，大部分来到了北方。当年最后一房，只有一个老太太住在那个地方。土改之后，老太太没有生活来源，也没人照看，不知道到老太太是偶然发现的，还是她本身就知道夹墙中间有她家世守的秘密，总之，她开始把墙里的书挖出来，一点点卖。她也不是天天卖，而是没有钱了就卖一点，再没有钱，就再卖一点。她并没有销售渠道，她都是卖给那些小摊小贩挑担子的人，挑担子的人再以收废品的价格卖给旧书商，这样等于是倒了两手，才被黄裳买到。黄裳的聪明之处就是，他认为这是挖到了宝矿。他采取了什么办法呢？他逐渐打听到了大约那些书出自绍兴，而后他就到了绍兴，他认识其中一个小摊贩，而后就暗暗跟着这个人找到了货源的真正地方，找到了老太太家。但是这老太太说不卖，这几天不缺钱。没办法，黄裳总不能天天在那住着。于是他想了一个法子，他就把那几个经常在老太太家收书的小摊贩聚在一起，说你们别恶性竞争，你们这样互相抬价，最后谁都买不到。你们这样子，先排序，排好序后每人一天轮流在老太太家门口蹲守。哪天老太太卖书了，你们中的谁运气好，谁就收了，然后再卖给我。这样的一种办法，让黄裳把澹生堂大部分重要的东西都拿到手了。这个事情纸里包不住火，按照国家文物法的规定，这算出土的东西，必须归国家所有。于是有人举报了他，那时候国家文物局的局长是郑振铎，他跟黄裳是很好的朋友。郑振铎爱护同志，给黄裳写了封信，意思是你把这东西捐献给国家就算了，你被人举报了，我们得查，一查就很麻烦的。黄裳就把主要的东西捐给了现在的国图。当然，老先生也会留一手，留下了一些最重要的东西，比如说祁承㸁、祁彪佳的一些考试卷，还有些重要的手稿、批校本等，这些东西一直在他手里边。后来他的夫人生了重病，需要进口药，他就把这些重要东西拿出来去拍卖。

我跟黄裳先生交往这么多年，我从来没有从他手里买过书，但我手里有他几十部书都不止，基本上都是从藏书者、拍卖场拿下的，这就是我跟他的交往。我们的关系就很干净，这种干净因为没有利益之争。要知道，他为这个"利"的事情跟不少人打过架。我只会说，某个拍场上某书是您的旧藏。他永远只说"嗯，是"。我问他您怎么看，他永远说"嗯，不错"。拍场上有什么好书，我就会问他，他的回答都是点睛式的。"十竹斋印谱那个，你买。""为什么要买？""少。"你看，就一个字，这个回答就跟三句半似的。后来发现，他的买法都是对的，我就好奇他怎么知道哪些书很稀见。

当年我们书界里面有"二黄"之说，黄永年和黄裳。他俩又死不对付。有三年时间，我主编《藏书家》，问题就来了，黄永年打电话就说："韦力啊，我不跟你说了吗？不让上黄裳的文章。你怎么又登出来了？"我就说："哎呀人民群众喜闻乐见啊，人家文章写得好看。"他说："要不这么着吧，我的文章不能跟他登同一期。"后来我就将两人文章错开发，省得他两人闹。站在我的角度上，怎么公允地评价他们两位呢？我认为这是两路，一个是学者之路，一个是文人之路。黄裳走的是文人之路，就像李辉所说的，因为黄裳散文很漂亮，他又有外语的功底，他写出来的东西简洁凝练，而有晚明小品的味道；黄永年走的是考据之路，不讲究色彩，他认为你这些形容词都是废话，你要一就是一，别这个那个什么"晴窗展卷""心中为之一乐"啊什么之类的，这有什么意思呢？这跟学问有什么关系啊？但其实两位老先生都给我很多教益，因为他们两人都编了跟清代版本有关的书。黄裳的《清代版刻一隅》，齐鲁书社出的，出了二十大几年了，这本书对业界影响很大，让大家第一次看到从赏鉴型的角度来收藏清代版本，而黄永年跟他的弟子贾二强也出了《清代版本图录》，那里面说的书很多版本都是你能看到的，但你再往细看书里的那些很简练的提要，就会发现他其实非常讲究版本，这些版本都很难找，有些甚至只差几个字。二黄都给我很多的教益。

《渔洋山人精华录》是古书爱好者都知道的一本书，版本特别多。但是黄永年告诉我说，你去看这本书第十卷倒数第三首最后三个字是不是"忆僧施"？如果不是，花多少钱都要买下来。我看了20年，从来没看到过不一样的，只在他家见到过。他告诉我这就是初版，剩下的全都是改版后的。也就是说，他在通行本中能把握不同的地方。我很好奇，他怎么知道十卷本中间只差这三个字？读黄裳的《清代版刻一隅》你会发现，它上面的书，十部有九部你都找不到。这同样让我佩服，他怎么能够知道这些东西如此稀见？那个时代，没有网络、大数据、公共图书馆那种资源的调配，他怎么能够知道这些书是如此稀少呢？这也是我没有解开的谜。

二黄给我展示了两个路子，但是两个路子我都没搞清楚他们究竟是怎么玩儿的。但是我只看到了结果，就是他们的著作。黄永年走的是学问考据之路，他讲版本，他会讲太平天国当年烧了哪些版，哪几个版烧了之后又重修过等。

黄裳先生只会告诉你"买""好"，反正你就听话去买去，肯定没问题，这书肯定稀见。他绝不告诉你这书为啥稀见。

我到他家去看他的书，我也会逗乐他。他呢，喜欢在书上写跋，有长有短。我就问他是不是跋语越多这个书越好，他想了想，说道："对。"于是我们就知道了，黄裳他凭借个人喜好，通过自身各种经验的总结，找出那些稀见的书，而黄永年是以哪些书真正地有学术价值作为收藏重点。我们跟二黄那个时代货源相差得远了，我们没有办法像他们那样自由地左右采之，只能兼采他们之长，这样才能让自己真正选到一些好书。老先生对书的这种爱，是发自内心的。

我再啰嗦两句，说一个好玩的事。有一年拍卖会上出现了一部小词集，就大约20来页，标价1000块，黄裳说你帮我把那个买下来。我问他出多少钱，他说没有限价。我就好奇那怎么买呢？他告诉我没有限价就是不管多少钱都要买下来。我到现场以后，把这书细细一翻，我实在看不出这书好在哪，一直到翻完了我也没发现这书有任何的妙处，就是一个很晚近的同治刻本，一个薄薄的词集而已。大家开始争，一下子把那个书由 1000 块争到 30000 多，我就慌了，万一拍下来他又不要咋整。最后花了 30000 多买下来了。我就拿给他，我就很好奇，问他这书为什么这么值钱。因为这种词集，市场价就是 1000 到 3000，争到 30000 多那是有点发疯。结果他说，没什么好的。我说没什么好的为什么要花十几倍的借钱买下来呢。他说："就是一个情结。就是五十年前我在上海的来青阁书店中看到这个词集，我很喜欢，但我兜里没钱。我就跟店主说明天拿钱来买。结果我第二天去的时候，人家告诉我，施蛰存买走了。当年那个词集 10 块钱，施蛰存加了两块买走了。我对这个事情一直耿耿于怀，他不能这么干。他现在的东西散出来了，这回我终于报了仇了。"

80 多岁的人了，还能记着五十年前的一箭之仇，且这个仇其实也没多大意义，只是一个不值钱的小小本子，就是为了赌口气。黄裳先生的执着、可爱可见一斑。

绿茶：

李辉老师从朋友间交往的角度、韦力老师从收藏的角度讲了他们眼中的黄裳。我跟他们不太一样，我是晚辈，我们之间是小编辑和大作家之间的往来。

当年我到《新京报》编副刊的时候还是个小年轻，小编辑，两眼一抹黑，谁也不认识。我就找副刊前辈李辉老师和陆灏老师，请教他们哪些人是副刊编辑一定要找的人。李辉老师第一个给我推荐的就是黄裳先生。2003年《新京报》创刊，那时候谁都不知道有一份报纸叫《新京报》。我就冒昧地从李辉老师那里拿了黄裳先生的地址给他写信，那会儿报纸还没出来。2003年9月的时候，我给黄裳先生写信，我说我是一个副刊编辑，有这么个版面叫"大家副刊"，想约他写稿子。报纸创刊之后，我还请黄裳先生题写了"大家"两个字，这两个字一直用在报纸的版头。当时我很惊讶，黄先生是第一个给我回信的，他说没有问题，等你们创刊的时候，我一定给你们撰稿。就这样，我就和黄裳先生有了一个编辑和作者的交往，来来回回写了很多信。

　　我这次本来想带一些黄先生的信件来，但是怎么都没找着。不过，读李辉老师这本书，我最大的感受就是，常常会两眼一热，因为黄裳先生的字迹我实在太熟悉了。当年我们的往来信件以及他给我们的稿子，都是手写的。黄裳先生的稿子是我自己一个字一个字在电脑里敲出来的，因为我如果交给打字员来打的话，他基本上都不认识，他看不懂。我就自己一个字一个字地辨认，一个字一个字地敲进电脑里，我觉得这本身就是一个很美好的事情。每次都是把他文章敲进去，然后上版、印刷，等报纸出刊给他寄过去，并附上我的一封小信，这样来来回回通信的时代，是一个副刊编辑最美好的时代，也是纸媒最后的黄金时代。所以，我可能是最后一代还保留这种书信往来的副刊编辑了。李辉老师编的那套"副刊文丛"，其实就是对副刊时代的致敬。我对黄裳先生最大的遗憾就是我没有去拜访过他。中间有很多次，我们也在信中说了，几月几号我会去上海，他也回信说恭候大驾。但是，还是因为那时候年轻吧，觉得时间有的是，也没有那么紧迫，结果一再错过。

黄先生去世后的两年，有一次我参加上海书展，要从会展中心去思南文学馆，我就没有打车，而是走路去，特意去了陕西南路黄裳先生家那边。当时下着毛毛雨，我感慨万千，就觉得这么熟悉的一条路，这么熟悉的地标，直到黄裳先生去世两年后，我才走在这条路上，有点心酸，但这也是留给我的特殊的感受。

我在黄裳先生去世的当年写过一篇怀念文章，其实也是一封信。因为当年我在《文史参考》做的一个名为"私信"的选题，就是作者给他心目中那个人写一封信。我用这种方式表达对黄裳先生的纪念，这封信他是收不到了。虽然我们没有见过面，但是他留给我的回味和教诲是我这种小编辑一辈子都很受用的。

感谢李辉老师这本书，又让我回到了手写书信的那样美好的时代。大家都知道，现在是电子邮件甚至微信时代了，很少会有提笔写信的这种愿望了。所以看完李辉老师这本书后，我又拿起笔来，给从前交往的很多老先生，如钟叔河、蓝英年、朱正等老先生写了许多信，又找回了那种美好的感觉。信真的是一种不一样的东西，就像李辉老师刚才讲到的，黄裳先生性格中一些有趣的东西只有在信中、在真正的交往中才能够感受出来，写文章和这种私人的书信交往真的不一样。我们能在这些信中感受到黄裳先生可爱的、奇妙的地方究竟在哪里。

同时我也认为，整理书信并以影印方式出版是对当下出版方式的很好补充。我们知道，如今包括口述史著作或者其他的被人重新编校过变成铅字的书信、日记，其实有很多已经做了取舍甚至篡改。要出书信集，我总觉得还是要走影印的路子，不然它的价值会大打折扣。前几天我发了一条公号，主题为"2019年读的第一本书"，写的就是这本书，作为这一年阅读的开始，也是一个美好时代的开启。

李辉：

韦力和绿茶讲的故事都非常精彩。每年我都会到上海去几次，每次都会去黄裳先生那儿。我也给他出过好几本书，包括《黄裳自述》。黄裳先生是没有回忆录的，我就从不同角度，帮他出了一个自述。书编辑完成并出版后，我给他送书过去，他也非常高兴，还拿出了88年的茅台酒，弄了一大锅大闸蟹，我俩就开始喝酒。那会儿他已经80多岁了，酒量还是很好，后来旁边的人都在劝，别再喝了别再喝了。所以说，虽然看上去木讷，但他其实还是一个很可爱、很好玩的人。我还在大象出版社出版名人珍藏系列，第一部就是他的《劫余古艳》。第二部是《梁漱溟往来信札手迹》，请梁先生的公子梁培宽提供出版。

我们六个人在2014年的6月6日，开通"六根"微信公众号。每个周一都是发我的文章，这一次推出的是当年我为《黄裳自述》写的一篇序言，题目是《看那风流款款而行》。

他其实是一个很好玩的、兴趣广泛的人。他晚年的时候很想写柳如是，为此去了常熟等地。他也写过南京，写杭州，写自己到苏州的旧书店买各种各样的书的事。他是一个兴趣非常广泛的人。他不仅仅藏书，最早他是学英文的，他会开坦克，他会翻译坦克手册，当年他是这样的一个人。

胡小罕：
是理工男！

李辉：
对，他开始学的就是理工。而他的第一本书则是 20 世纪
40 年代末由巴金的文化出版社出的。前段时间我还给小罕发过
一个消息，因为我也收藏了许多名家手稿，想在浙江人美出一
本名家手稿，我都已经扫描好了，包括常书鸿、汪曾祺等一批
人。因为我非常喜欢浙江人美的设计风格，还有他们的许多书，
比如《蒙克全集》，当时的首发式还有挪威国王、王后亲自出席，
这是了不起的成就。那年我去奥斯陆，刚好蒙克美术馆有两幅
画被偷了，所以关门了，不能进去看。鲁迅的《呐喊》实际上
跟蒙克的几幅画是相关的。

我一直在说，副刊是半部文学史。《阿 Q 正传》开始就是
1921 年年底至 1922 年年初在《晨报副刊》发表的。当时《晨报
副刊》的编辑是孙伏园，不断催促鲁迅："你该交稿啦！你该
交稿啦！"就是这样，才促成了《阿 Q 正传》的横空出世。我
认为副刊才是报纸的辉煌，尽管副刊也已经不行了。现在，虽
然很多报纸都没有了，但副刊像《大地》《笔会》《朝花》《夜
光杯》等也都还在。副刊前辈如徐志摩、沈从文、萧乾、黄裳、
柯灵、孙犁，正是这些编辑的努力，带来了那一代的文化崛起。
因为当年出版物是很少的，但是副刊的发行量很大，所以鲁迅

的小说、冰心的《繁星》《春水》都是在副刊连载。

　　我这个人晚上从不写作，这样的好处就是晚上可以归类，整理得清清楚楚。韦力刚刚也说，他看过我的书房。我在每个卷宗上都写上人名，摆得整整齐齐，想拿什么，顺手就可以找到。喜欢归类，这是我的一个特点，还有整理书架。前两天去看杨苡，百岁老人了，她的书架就是乱七八糟的。我就花了不到一个小时，把她的书架搞得干干净净的。我就把它们整理成巴金的一堆、沈从文的一堆，然后萧乾的、黄裳的，基本按人来归类，这样老太太就好找了。她也送过我许多好的藏书，包括沈从文最早的大概是20世纪30年代的书，她也送给我。她还有许多信件。百岁老人不容易，她是翻译《呼啸山庄》的。这些老先生的史料，都是不可复制的。包括冯亦代、黄宗英的那些情书，两边孩子收着都不合适，所以都给我了，现在在我都收着，这也是为什么我之前出过一本《纯爱》。书信量很大，几百封，所以当时精选了一些。

　　如何对待、使用这些材料，也是需要好好思考的。当年某个图书馆卖了一批巴金的藏书，或者是被人偷出来的，或者怎么着，搞不清楚。当时黄裳在信里面也提到，这个事情会怎么解决也不知道，现在看来是悄无声息了。大概当时的一位副馆长也给李小林他们家里打过电话，给他们道歉。这件事非常不应该。虽然对图书馆而言，他们觉得这些东西不重要，因为他们还有康有为、梁启超等人的很多东西，远远比巴金的《家》重要得多，但巴金把《家》的手稿都捐给图书馆了，而且那些藏书都盖着巴金的章，其实是很珍贵的东西，图书馆他们觉得这是个麻烦。像韦力的藏书，得好好建一个藏书馆：韦力藏书馆。

我是喜欢归类的。归类的好处就是，你能随时找到一些东西，如王世襄、常书鸿的手稿等。潘家园20世纪90年代初就有很多好东西，当年我就买了一箱子戏剧家协会流散的资料、读稿档案，包括田汉1959年的所有资料，1964年的检讨、揭发材料等。田汉资料馆在搞一个数据库，我就说，以后我这些资料都可以捐给他们。这些东西不可复制，它们如果能留下来，它就留存了历史，历史的细节就丰满了，历史的空白等各方面都要靠史料来支撑。所以我经常强调非虚构的写作，因为很多人的非虚构写作，往往都是瞎编的，包括章诒和写的东西，大部分都是不准确的。

绿茶：

所以是虚构的非虚构。

李辉：

章诒和的文章假的东西特别多。这些东西都不是真正的非虚构的写作根基所在。非虚构的写作就是要史料、书信、日记，它们才能让你的写作有分量。包括我在《收获》上连载《封面中国》，也需要翻很多人的书、很多史料。当时我在《北京晚报》和《人民日报》，经常中午不出去，就坐在那里翻资料。写了十多年才终于把《封面中国》写完了。从吴佩孚到蒋介石到毛泽东再到邓小平，百年历史的过程，非虚构的一个重点就在于你要有一个判断，有史料的积累。包括外国人对中国这些人物事件的讲述，这些东西才能撑起来一个作品的分量。

从我个人来说，我喜欢的东西一个是写书，一个是编书。我自己比较满意的书是《胡风集团冤案始末》。1985年胡风去世之后，我就在想，很快这些老先生也会一个个离开，我必须要去采访他们，必须要把他们一个个录下来、整理出来，就这样，最后在1988年出版了《文坛悲歌：胡风集团冤案始末》，当时请刘再复写的序。《沧桑看云》也算是我喜欢的，还有就是《封面中国》，我觉得这三个是我比较满意的。关于周扬的口述，黄裳信里面也经说到，看你写的张光年谈周扬，只看了一半，所以后来我也把书给他寄去。那本书就是所有人谈周扬的，周扬的两个儿子，周扬的秘书，包括梅志、贾植芳等，都是跟周扬有关的人。我觉得这些东西是能够让人物立起来的所在。所以我也经常跟大学生们说，你们回家要跟你们的父母、祖辈聊聊天，这样你们家族的故事才能留下来、延续下去。

韦力：

那就接续李辉的话，讲两个小故事。第一个，李辉刚谈到原始史料的重要性。但是呢，我对这个东西有纠结。比如说，黄裳先生。十年前，我就在上海的一位藏家中看到了大量的"文革"中揭发黄裳的原始文本，并且都是一些大家写的。这位藏家也很有意思，他很想把这些东西卖给黄裳，请我帮忙联系。我说这我没法联系，我只能给你地址，你去自己联系。结果黄裳说，他对这些东西没兴趣。黄裳的这个态度很让我敬佩，就是他不在乎当年的历史，也并不想掩饰曾经走过的这些路。

这批手稿大概有上千页，现在还在那个人手里。这种史料要怎么用呢？我不知道。他给我看过这些史料的一些照片，我就看到了许多人性上的东西。

比如我很尊敬的一些大家，明显是在被迫的情况下写的东西，你能够看到他是顾左右而言他。还有一些人就直接点事实，说黄裳怎样通过买卖书籍牟利赚钱，而完全不去考虑，作为一个编辑的黄裳，他怎么能买那么多书？如果他不这样买了再卖的话，他完全没有经济能力支撑这一切。

这件事情让我感触很深。这类东西能不能出？要怎么出？今后我真的要跟李辉先生请教。第二个问题，关于跟止庵先生的论战的这类事情，我也曾被好心地卷入其中，因为帮着别人去跟他索要他出的那100本专门送人的书。书送完之后，也引起了新的论断。

通过这些事情，我就发现黄裳先生的战斗力让我极为佩服。他到晚年，依然有着鲁迅的那种姿态，一个都不饶恕，这使我特别敬佩。

我也知道，当年的这些论战，包括关于鲁迅签名本的真伪问题，我也有我的看法，且不论这些看法的对与不对，但是老先生的这种斗志至老不衰这一点，让人敬佩。他如此这样一个表面木讷之人，到晚年还依然保持这样的精力。我真希望当自己老了，还能像他那样，依然能跟别人去战斗。

绿茶：

黄裳先生与止庵先生的论战，其实就发在我的那个版面上。

李辉老师跟我见面的时候也会感慨，这老头子厉害，还能干呢!

　　当副刊编辑有时候也挺好玩的，你会看到很多幕后的东西，文章是怎么发出来的，在刊发过程中又经历了怎样的删改和处理，又怎样变成了新的论战方式。所以我觉得也是值得回味的事情。

　　另外，因为李辉老师送我这个版本是毛边本，跟市面上的版本不一样。这本书最大的好处就是，你需要一页页撕开看，所以我就拿了个小刀，一边撕，一边看，每次一撕，那种感觉，就像撕开一封信一样。所以我觉得，看书信集，就应该看毛边本。

　　胡小罕：

　　非常精彩! 今天现场安静得一根针掉下去都能听到声音。真是一种享受，是高端音乐会的那种享受。特别感谢三位老师。以后有机会，浙江人民美术出版社还想邀请三位老师做更多的活动。谢谢，再次感谢!

1988 年春天，在贵阳花溪巴金、萧珊结婚处，李辉与黄裳合影

熟悉六十多年的两位黄先生，愉快交谈

图书在版编目（CIP）数据

　　黄裳致李辉信札：释文本　/李辉编著. —— 杭州：
浙江人民美术出版社，2019.6
　　ISBN 978-7-5340-7379-3

　　Ⅰ. ①黄… Ⅱ. ①李… Ⅲ. ①书信集—中国—当代
Ⅳ. ①I267.5

　　中国版本图书馆CIP数据核字(2019)第100013号

黄裳致李辉信札（释文本）

李　辉　编著

责任编辑　褚潮歌
文字编辑　左　琦
整体设计　傅笛扬
责任校对　余雅汝
责任印制　陈柏荣

出版发行　浙江人民美术出版社
　　　　　（杭州市体育场路347号）
网　　址　http://mss.zjcb.com
经　　销　全国各地新华书店
制　　版　浙江新华图文制作有限公司
印　　刷　浙江影天印业有限公司
版　　次　2019年6月第1版·第1次印刷
开　　本　889mm×1194mm　1/32
印　　张　6.5
字　　数　95千字
书　　号　ISBN 978-7-5340-7379-3
定　　价　58.00元

如发现印刷装订质量问题，影响阅读，
请与出版社发行部联系调换。